想会写作先会改

（William Germano）

[美] 威廉·杰尔马诺◎著　　葛冬梅◎译

On Revision
The Only Writing that Counts

中国科学技术出版社
·北京·

北京市版权局著作权合同登记　图字：01-2022-4953。

图书在版编目（CIP）数据

想会写作先会改 /（美）威廉·杰尔马诺著；葛冬
梅译 . — 北京：中国科学技术出版社，2022.12
书名原文：On Revision: The Only Writing that
Counts
ISBN 978-7-5046-9837-7

Ⅰ.①想… Ⅱ.①威…②葛… Ⅲ.①文学写作学
Ⅳ.① I04

中国版本图书馆 CIP 数据核字（2022）第 202461 号

策划编辑	褚福祎	责任编辑	褚福祎
封面设计	创研设	版式设计	蚂蚁设计
责任校对	张晓莉	责任印制	李晓霖

出　　版	中国科学技术出版社	
发　　行	中国科学技术出版社有限公司发行部	
地　　址	北京市海淀区中关村南大街 16 号	
邮　　编	100081	
发行电话	010-62173865	
传　　真	010-62173081	
网　　址	http://www.cspbooks.com.cn	

开　　本	880mm×1230mm　1/32	
字　　数	145 千字	
印　　张	8.25	
版　　次	2022 年 12 月第 1 版	
印　　次	2022 年 12 月第 1 次印刷	
印　　刷	北京盛通印刷股份有限公司	
书　　号	ISBN 978-7-5046-9837-7/I·71	
定　　价	69.00 元	

目录

第一章 开始修改吧

对于观鸟这件事，我可一点都不在行，不仅粗枝大叶，而且相当笨拙。望远镜是观鸟的好工具，可是你首先得知道你要观察的是什么。

当然，发现白鹭和红尾鹰很容易。有一次我从列车车窗往外望，还看到一只白头海雕呢，就在哈得孙河边上。鸟儿飞得快，还躲着人，有些鸟彼此长得又那么相像。有的鸟会常驻，而有的只是过客。如果天气晴好，曼哈顿的车来车往又不是特别嘈杂的话，一大早，声声鸟鸣就会飘进我家窗子，只闻其声，不见其形。我知道它们可能只是麻雀之类的鸟儿，但是知道它们就在那儿，在我的视野范围之外，我还是会感到一种天真的愉悦。

善于观鸟的人跟我说，不同的鸟，叫声也各有特色，但我还没花时间去了解。我在中央公园里见过真正的观鸟者，他们静若磐石，用结实的望远镜对着什么在看。什么？在那儿？在哪儿？可是我抬头看到的不是蓝天就是绿树，要么就是灰影。观鸟者悄悄地说："瞧，在那儿呢。"那是某种罕见的候鸟正由南向北迁徙，在城市绿地稍作驻足。从别人那儿知道我和它如此近，这种幸福感是二手的了，但我只能满足于此。至少我知道了在看到鸟儿之前，我会先听到它，要么是鸟儿的叫声，要么是鸟儿掠过树丛时几片叶子的沙沙声——什么？它在那儿？

写下以上段落时，盘旋在我脑海里的是安·拉莫特（Anne Lamott）的《关于写作：一只鸟接着一只鸟》（*Bird by Bird : Some Instructions on Writing and Life*）拉莫特的这本畅销书的名字来自一则家庭逸事。她10岁的哥哥要写一篇关于鸟儿的报告，这件事情难住了他。拉莫特在书中写道：当她的哥哥"面对眼前的艰巨任务而手足无措时"，她明智的爸爸妈妈建议：一只鸟接着一只鸟地来。

拉莫特的书与你正在读的本书一样，都和鸟儿无关。虽然她写的是虚构类写作，不是学术类写作，但是这个比喻很亲切：一次只写一天的事儿，只写一小步、一个细节。对于学术作者来说，那可能意味着一个研究专题、一篇论文、一份档案、一个理论，又一轮没完没了的学术检索。只是我们这里说的"鸟儿"更大，更复杂。而且，尽管我们可能受过学术写作方面的专业训练，我们在面对艰巨写作任务时，也一样会觉得手足无措——至少有时是这样的。

鸟儿的世界也好，文字的世界也好，都需要"倾听"，你的耳朵能"读"出许多内容来。再读，再听。无论写作还是修改，都是如此，这也是本书真正要写的。一次修改一版，一版接着一版地来。

随便拿起一本好书，你都能学到写作是如何进行的。寻找和倾听好书，和你寻找鸟儿（红衣凤头鸟、隼、鹰等）一样，要关注的不仅是它们明亮的色彩和硕大的体型，还有它们发出的声音——不只是叫声，还有它们在高高的树顶或在你脚边弄出的沙沙声。

好的文章有令人信服的外观，但它不仅看起来好，听起来也好。这点你已经知晓，它并不是成功作家私藏的秘籍。即使你还没有完全理解某句话的意思或某论点的含义，你也往往能听出来怎样写更好。对写作而言，听的作用可不容小觑。

因此，修改的最佳法则非常简单：去听。这也同样是写作的最佳法则。我花了很长时间才找到这个方法：大声读出来。

当然，你听到人们（包括我）讲到"大声读出来"时，他们要表达的意思其实是各种各样的：

> 大声读出来，你就会听到写得多么混乱。
>
> 大声读出来，你就会听到自己在不停地重复同样的字眼。
>
> 大声读出来，你就会听到你最重要的论点只被粗略地提了一下。
>
> 大声读出来，你就会一点一点地听到发生了什么。你会听到难懂的句子吊起了读者的胃口，却又草草收场。你会听到自己的口气突然有异，就像另一个人突然开口说话了。
>
> 大声读出来，你会发现文章在有的地方听起来有些无聊，而在另外的地方，能量和热情都从纸上跃然而出。

这些，你都能听出来吗？

当然，写作传出来的不仅仅是结构合理的声音，而是与某件事相关并为之服务的声音。这里的"某件事"就是写作本身。写作与修改以及修改后的修改，都依赖于我们所说的"听觉阅读"。有声音，还要再加上别的。无论如何，当你真正认真去听时，会让好的文章变得更好。你会听到文思如何流动、凝滞，随后再次流动，简直就像它比你还清楚自己要去向哪儿似的。

因为它的确知道。

每位作者都像正在角力的雅各（Jacob，圣经人物，曾与天使角力），但与他们角力的不是天使，而是视角①。不仅如此，每位"雅各"还得先找到自己的视角。要么在写作最开始的时候，要么晚一些，在你第二次（或第三次）查看自己写的文稿时，你要发现自己想要讲述什么以及你为什么认为读者会愿意听你讲述。修改，可能是你第一次真正理解自己讲述了什么，但在你把文章交付给编辑，再由编辑交付给世界之前，它应该是你最后的讲述机会。

对你写作有用的技巧，我在写本书时也同样用到了。说到它的主题，我想至少应该简要解释一下本书是怎么来的。很长时间以来，我一直想把对修改（特别是对复杂文章的修改）的要点的思考通过文字来体现。我想其他人也会想阅读这些内容，主要是因为修改是每位作者都会面对的问题。另

---

① 在原文中，作者用了"angel（天使）"和"angle（角度，视角）"这两个拼写非常相像的单词。——译者注

外，坦白地讲，除很少几页鼓舞人心的文字外，我找不到关于如何对学术写作进行修改的图书（至于"为什么"进行修改的图书，就更少了）。

这是因为文献的缺失吗？还是因为有关修改的文章过于难写？通读和检查学生的论文以及出于同情而帮同事看看他写的工作草案，这些是一回事，但是，关于修改，对于一个专业作家，或者正在接受写作训练的专业人士，或者高阶水平的学生来说，我到底（我想强调一下，"到底"这个词在这里的意思可不简单）还能讲些什么他们不知道的呢？

我告诉自己，写本书不会太难，因为我自己有大把的经验。入行之初，作为学术类图书的编辑，我要从非常好（有时是特别棒）的手稿中发现不足或是可以提高的地方。从事编辑这一行，你要阅读、思考、写作、修改，并且帮助他人去做这些。这一切都会成为你的本领的一部分。

我还是一名教师。过去十多年我一直在库伯联盟学院（Cooper Union）教授本科生，该学院是一所从事工程、艺术和建筑等方面教育的小型学院。我尽量温和地提醒学生，没有人是因为写作能力超群（但确实，有些人是的）而被招收进来的。一年级的学生和我一起进行阅读、思考和写作，不只针对"写作相关"的内容，那样会没有意义，至少对我而言没有意义。我花在教室里的时光和我的编辑职业生涯，是我能够就修改进行相关写作的关键。

最后一点，差不多也是让我觉得自己能写一本有关修改的书的最重要的一点，就是我之前写过一些书。以前对其他作者的作品所做的工作，我对自己的作品也做过。我写过草稿也扔过草稿，重新谋篇布局，重新遣词造句。我做过大刀阔斧的修改，也做过细致入微的润色。虽然当时我并不总是很清楚为什么要对自己的文字做这些工作，但至少我已经有了作为作者的直接经验，可供现在回顾和思考。我的《从论文到书》（*From Dissertation to Book*）对博士生和新晋博士生来说，就像一本汽车修理手册。书里面给出的建议，我现在看来仍旧很好，但是现在写的这本书，我希望能"畅游得离岸边更远一些"。我不只是要思考针对某一类学术作品的修改，而是要回答一个更大的问题：在写作和修改时，我们认为自己都在做些什么。

然而，本书的写作变成了一个挑战。你正在读的这几页，就被修改和重塑了很多很多次。我写完整个手稿，投稿给芝加哥大学出版社，并且在第一时间阅读了返回来的审稿意见。我的手稿需要改进，于是我回去把装订到一起的书页拆散，把手稿读了又读，去听有哪些不符合我本意的文字。

这一页写得过于粗略了吗？那一页的语气过于调侃了吗？看起来我好像写完了这本书的一个版本，但它不是我中意的那一版。

回到我自己的领域和问题上来，回到我自己组建的档案（这个概念后续还会探讨）里来。我知道我想写的不是一本修改者风格指南，我想要的是把写作理念，特别是适用于学术出版界的文体与风格范畴的写作理念，与一些极为重要的实践问题纳入同一框架中。如果我要行之有效地修改自己的手稿（此处你可尽情嘲笑），那么我会将这二者都考虑在内。这本改来改去才成型的书，与我的初稿相比，既有删减也有增添，但是这些都与作为读者的你毫不相关，因为你看到的只是被呈现给你的最终版本。如果任何一部有意义的作品，你读的都只是反复修改后的最终版本，那么，即使你知道每部作品在出版前都经过数月的删减、修改、润色，都曾有过灵感四射的火花，即使你被某些文字吸引，敞开读者的同理心和对作者的包容心，并有那么一瞬间意识到，这满篇文字都是经过种种推敲而来的；即使如此，你可能也只会停下来对自己说一句："那些都没关系啊，我只能读到作者写到这里的东西。"的确如此。作者的哀叹——"可是我呕心沥血做了那么多呀！"——改变不了什么。即便作者知道这个简单而冰冷的事实，他们也要修改，要那么努力地去进行修改。

但是，怎么进行好似漫无目的的文字推敲呢？一些指导原则可以帮助我们，设定目标和一些规则也会对我们有帮助，直觉的作用也不可忽视。修改过程可不只是机械修理。在路德维格·贝梅尔曼斯（Ludwig Bemelmans）的经典童书《玛德琳》（*Madeline*）中，细心的克拉维尔（Clavel）小姐察觉到巴黎的那座爬满藤蔓的老房子"有点不对劲儿"。是因为她听到哭声了吗？还是因为她的直觉告诉了她？（剧情提示：玛德琳得了阑尾炎——不过结局不错。）

对任何一个作者（比如说你）而言，直觉是弥足珍贵的。但要拥有我所说的直觉，则需要练习和来自感官的线索与佐证。直觉是你创造和发展起来的。没有它，写作和修改都会很难。但是，直觉到底是什么呢？它可能是我们对那些无法另行命名的重要写作技能的统称。

可辨识的技能、实用技巧、工作笔记、直觉、本能、预感，尽管这些听起来好像互不搭界，但你在写作和修改时，每一个都需要。不过，无论哪一个，在你修改时起到的作用都比不上你用耳朵把好关，去仔仔细细地读，始终关注自己想要讲述的内容。就是说，不要只是描述或解释，即使你要做的项目有时需要描述，有时需要解释。修改，与其说是为了改错，不如说是为了讲述得更清楚。从更高的角度思考你的写作，你才能明白自己为什么那样做，为什么要去向某处写，又为什么要用文字带着你的读者去向那里。

修改不是纠错，也不是全盘重来。修改是一种调整——用心的修改往往意味着要微调你的思路，就像你汽车里的导航终端发出的提示那样："重新规划路线。"可能至少有那么几分钟，你以为自己迷路了，然后你会意识到，通过修改，你能驶出那条无法到达目的地的道路。经常重新规划路线，你就会把这种做法想象成从迷路中学会的本能，甚至是不会迷路的能力，同时你也了解了新的路线。

直觉和专注。如果说写好初稿是一种接受信息式的"倾听"，那么对其进行修改更是如此，只是零碎的东西更少一些。修改完成后，你就期盼新的一版能够成功吧。现在你知道了，本书并非食谱，更非通向作家圣地的捷径。事实上，第二、第三章会让你先慢下来，以便更好地回顾你已有的能力、已知的知识，更好地思考你想要讲述怎样的内容。第四至第六章会集中在对修改进行思考的三种方法上——不是三者选一，而是三个都需要。第七章是总结。本书不长，你可以阅读、思考要点，然后在自己的写作中去实践。即使这样做会意味着迷路，找回方向，重新规划更好的路线。

　　至于本书能不能真的起到我预期中的作用，这得交给他人评判了，因为这是读者在阅读过程中去做的事情。我只能说，我尽力倾听，努力写出了自己能力范围内最好的版本。但你才是读本书的写作者。现在，就看你的了。

第二章 让"好"变为"更好"

你的写作刚刚完成？恭喜你！现在你可以再来一次了。你写得很好，但还不够完美。而这些不完美的地方还有能变得更好的空间，还有可能使读者和你本人都更满意。

如果我并不是在写书，而是在准备一门教授学术文章修改的课程，那么这门课的课程介绍可能会是这样的：

写作课程第316号："写作即修改，修改即写作。"在写作时如何思考写作。用红笔修改草稿时，你知道自己为什么要修改吗？你知道自己想要寻找的是什么，希望得到怎样的结果吗？

选课条件：专注、耐心，外加一份已经完成或即将完成的草稿。可略带焦虑。

这门课既教授适用于学术写作的写作交流理念，也提供一套能使你发掘自己写作思路的策略。

这里有一个众人皆知的"秘密"：如果写作和修改（至少有时）让你害怕，那很正常。写作时有很多想法都虎头蛇尾，草草收场了：要么是因为写作者无法长时间集中精力，还没有来得及将想法的小火苗变成熊熊火焰；要么是因为这想法还不够明确，仅是一时的灵感而已。因此，让我们和焦虑和平共处吧，利用这种焦虑感来"拷问"你的文章，看看它在做什么，又是为什么在做这个事。

此时，你可能会不禁喊道："等等！这听起来好像是在讲写作，而不是修改呀。可是我需要的是修改，又不是从头写作。你要讲的到底是什么呢？"

正如我在课堂上常说的那样："问得好。"要假装这本有关修改的书和写作并没有关系，那是很难的，因此我也就不假装了。

写作是修改，也是学习

只要作者对他的文章进行修改，不管文章的体裁是什么样，它总是会变得更好。修改可不只是对写好的东西进行整理。你的修改总会带来一些变化，就像在课堂上的学习会带来变化一样。在《丢失的课程》（*The Missing Course*）一书中，戴维·古博勒（David Gooblar）发现：

> （如今）我们知道，学习更像是一种修改的行为。学生把与世界以及课程有关的各种理念都带到课堂上，这些先入之见是学习新的理念的过程中至关重要的一项。一名学生受到教育，就意味着他必须修正自己对某事当前的理解，以收获新的理解。这并不是自然而然就能够发生的。

古博勒有关教学的建议也适用于写作，用修改来比拟学习，这个比喻恰当而有力。

这种教学理论的要点，即教学乃是帮助学生重新理解事物，并以新的方式理解自己，正和这一写作理论相契合：修改即重新理解。修改不仅是重新理解你笔下所写的内容，引申开来，也是重新理解你和在你笔下展开的一系列想法之间的关系。至少在某种意义上，我们即我们所写。因此，在修改文章的同时，你也在修改自己的某一部分。

这种愿意去修补、重塑、再建和提升的动力，部分是有意为之，部分也是自发产生的。有时我们修改时并未思考，因为直觉告诉我们这样或那样写会更好。有时我们是有意识地、刻意地去修改的,把这作为一个循环的产出过程。你内心里像有位写作老师在轻轻告诉你:"好消息!现在你到了修改阶段啦!"

威廉·津瑟(William Zinsser)在他的经典书《写作法宝:非虚构写作指南(30周年纪念版)》(*On Writing Well : The Classic Guide to Writing Nonfiction: 30th Anniversary Edition*)中(说这本书备受推崇绝不是过誉之词),分享了你也可能经历过的这种感觉:

> 学会享受这种整理过程吧。我不喜欢写作,却喜欢已经写完的感觉。我热爱修改,尤其喜欢删减:按下删除键,看到不需要的单词或短语,甚至句子瞬间消失。我喜欢用更精确、更有色彩的词去替换单调无味的词,喜欢加强句子与句子之间的衔接和过渡,喜欢重新构建一个本来平淡无奇的句子,让它更富有节奏或更具优雅的乐感。任何一个小小的改动都能让我觉得自己离目的地更近一步,等我真的到了那里,我知道,让我取得胜利的,并非写作,而是修改。

这是我们追求的目标，如果你也有过同样的感觉，那你就好好享受它吧。

不过，坐在计算机屏幕前的时候，这种感觉可能是很难被捕捉到的。你只是一个人在回看你的文稿，或者你可能找到其他人来帮你看看你写得怎么样，你真心接受他们的鼓励或批评，然后再度坐在屏幕前，再一次斟酌文字，努力去把文稿变得更好一点。

坦白地说，我觉得自己从来都没写出过高中靶心的作品。即使我的书或者文章经过多次修改，甚至是已经发表，我也依然能找到让它变得更为有力和清晰的方法，找到我还能小小修改的地方。为什么我会建议你不要再看已经发表的作品？有一个原因是你已经没法再修改了，何必再看呢？[①]不止一位知名演员曾透露说，他们从不看自己演过的电影，原因也是如此。这让我感到大为安慰。木已成舟，再说总还有别的项目等着去做。已经无法修改了，就不要再去读它，这没有问题。但是，如果要让你的作品达到不再需要修改的

———————

① 有人会问："那么修订是怎么回事呢？"的确是有修订版，但那是不一样的。应出版社的要求对已出版的书籍进行修订，这是一种特殊的修改，通常只局限在必要的更新和更正，有时也会添加一个新的章节，但是很少需要对整体重新进行思考。

地步，那么修改正是至关重要的过程。

19世纪的法国大作家巴尔扎克一生孜孜不倦，与咖啡和写作相依为命。他去世后留下了1833年写《欧也妮·葛朗台》（*Eugénie Grandet*）时的版面校样。这份文献如今收藏于摩根图书馆（Morgan Library），我很喜欢它。看看这些修改的痕迹吧！看看这些重新组织的思路！巴尔扎克是如何写作的？高强度的投入、炸裂般的修改。这张图所告诉我们的细节，要远比任何记者想从他本人嘴里套出来的多。

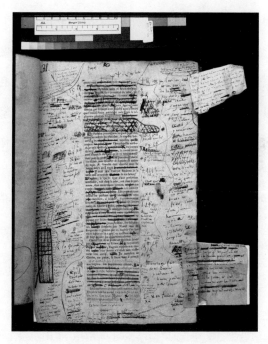

▲《欧也妮·葛朗台》版面校样

如果你看到这版面校样时觉得有点喘不过气，那你并不是唯一一个这样认为的。巴尔扎克发给出版社的可能是他已经修改过的手稿，现在版面都排好了，却依然被手工修改得乱糟糟——这个"乱糟糟"指的是修改的地方太多了：有删减，有增添，有换位，也有订正。巴尔扎克在修改过程中，动用了他能用到的所有在信息时代之前的修改技术，修改的结果是他最想呈现给世界的文字。我不知道巴尔扎克对这个结果是否满意，但这个版面校样足以证明他是何等的用心。[①]

100多年过去了，如今我们手头有便利的电子工具，修改起来当然要比巴尔扎克容易多了。我们只需数秒便可完成文字的增删和重组，按几下键盘上的按键便可删除有问题的句子，并用我们觉得更好的版本取而代之。但是，修改究竟该如何进行？技术上的便利会让我们成为更好的写作者、更好的修改者吗？是什么推动和指导我们去进行修改？

让我跳到一个似乎属于本书第七章的话题上，再附加上

_____

① 出版商看到巴尔扎克的这版面校样可能也会非常头疼。现在的书稿，如果到了校样阶段再做这样的修改就太晚了，哪怕是电子稿也是如此。因为这样做的成本太高，另外也会让出版时间推迟。在美国，典型的做法是，在合同中指定一小笔费用专门用来进行变更，超出范围的费用则将向作者收取。

一点点拟人化的处理：我们修改的目的，不仅是要找到自己真正在想些什么，或读者能接受什么，还要找到写作本身想要些什么。不管写作的脉搏是什么，你都希望你的作品能够拥有它。

假如你把自己的想法想象成差不多具有生命力的东西，它需要得到关心、照料和滋养，假如它是一个你从未真正驯服却又想与之共存的庞然大物，那么你觉得自己的写作会有何不同？

当我们花时间写下对得起这些时间的文字时，我们并不仅仅是要把文字堆砌得花团锦簇，同时还要表达出自己的一个想法。如果这点我们做得不错，那么我们对这个想法的思考，就会和以前完全不一样了。

优秀的作品有且仅有必需的内容。它一路前行，表达自己的想法，呈现站得住脚的论点，消除错误的概念。它也会适时地停顿，给读者一个喘息的机会去吸收已经读过的内容。要做到这些，你需要去听自己写好的文稿，需要辨认何时还需要进一步修改。去听！耳朵，你的内在之耳、精神之耳，它才是修改者最有价值的工具。

修改的过程中，我们希望保护文章中那个几乎拥有生命力的东西，保护它的特殊性。修改是要看到什么行不通，什么不合适。去看，去听。学习修改意味着要接受这一点：所有的作者（包括备受推崇、最为杰出、最有影响力的作家）有时也会有一些糟糕的想法，或者一些虽然说不上好坏，但是与上下文格格不入的想法。因此作者才要修改。作者就是这样从自己正在进行的写作中学习的。

有声阅读，有声写作

那么，21世纪的作家呢？对他们有个略带调侃的定义："作家，就是一对很会打字的超级耳朵。"是的，虽然思考、论证、细筛、重塑，这些都是写作所需的部分，但是去听你的文稿，才是最紧要的。

修改，是要回头重新去看文稿，努力去听已经写下的文字中表达了什么，缺失了什么，哪里有阻滞，哪里走偏了，哪里的语气不对劲。去听哪些内容需要讲述出来，哪些内容则需要收声（是要全部隐去，还是要换成间接的表达），还有哪些内容需要换一种方式来表述。①

---

① 我已经数不清这一章我重新写了多少遍，也说不清每次做的改动到底都算不算是真正意义上的修改。但是，每一次的措辞都有实质上的不同。

　　要做到以上这些，我们除要在自己的专业领域里加倍努力之外，还需要利用我们个人知识档案库里的知识、学习本专业之外的其他知识与写作文体，或者从其他领域和资源中探索和汲取能够带来启发的知识。

　　听，还包括要听到无声之处。通过研究那些揭示岩石形成过程的证据，地质学家能帮助我们理解岩石对我们说了什么。在农耕之初，农民就已经知道大地要说些什么。只要使用正确的工具，提出正确的问题并仔细倾听答案，一株植物就能告诉我们土壤和气候的变化。一份手稿，正如默不作声的岩石或植物一样，在用自己的方式向我们诉说。

　　但是作品并非岩石或是植物，它是一个矛盾体：它不作声，除非有人去读它，但是从那以后，它就不再沉默。作为作者，我们希望自己读出来的文字，能发出它想要发出的声音，我们通过修改来达到这一目的。这就是我们需要听自己的文字的原因。我们要听的，不仅是文字本身，还有文字的来源与层次，它们的间隙与停顿以及构成想法时所需的大大小小的文字组合样式。想要写得更好吗？请更加仔细地去听文字在做什么。

　　写作，其实是一项综合性的活动。写作时，你和你所有的经验与想法，以及你对所心仪的写作方法的感知都会参与进来。这些都构成了我们称为"写作"的一部分。你的写作是通过一遍又一遍的练习来进行的。反复训练、时时修正，就像是体操运动前的热身，或者像是学习键盘乐器时的练习，又或者像是鸟儿年复一年地学习筑巢。你如此写作，你的语言和想法才能在世间停留足够长的时间，那些你看不到、数不清，也不认得的其他人才能与之接触，为其吸引。你写得更好，这样他人才能读得更好。可能你是一个人在写作，写作时也许是在家中的书房里，或者是在某个自己能清清静静待着的地方。但是无论在哪里，其实在你写得好的时候，你都不是一个人。你不只是为了读者在写作，而是和他们一起在写作。

有些作者在纸上写稿和修改，有些作者则在电子设备上做这些工作。写稿的不同方式可能会影响你"听到"它的能力。我在纸上写稿时，会推敲得更为谨慎用心，尽管辨认我的字对我自己都是挑战。如果文稿打印出来，我会听得更好一些吗？或许吧。我可以把纸稿铺在餐桌上、地板上、书桌上或者床上；我也可以翻阅这些纸张，就像它们已经是一本书的模样——这种视觉效果会带有一些我喜欢的鼓励的暗示。不过，在纸稿上，你能进行的操作也有限制，比如不能搜索，不能一键删除。面对一张张修改起来不甚方便的纸稿，写作就会展开得很慢，只表达它必须表达的东西。即使是在草稿阶段，纸稿也需要写作者非常用心地对待。[①]

在电子设备上修改就不一样了。纸稿是固定的，而电子稿，你可以打开多个窗口，从其他文件中复制、粘贴。那么，电子稿就容易操作吗？在很多方面是这样的。我们已经习惯了自己喜欢用的文字处理程序那熟悉的提示音。我们的手指在键盘上来回按动，输入一行行符合规范的文本。不过，即使是页面布局设计得最为复杂的电子稿，也还是不能和你在选好的地方铺开的纸稿相提并论。但是不管是哪种，纸稿也好，电子稿也罢，它们在被看到的同时也需要被听到。

仔细地听你的文稿，这能让你知道，你需要听到的是什么。如果其他人愿意阅读你的作品并给你反馈，那么你还能从客观性方面受益，这客观性来自团体或是专业领域。能

---

① 我们读纸稿更有效，还是读屏幕上的电子稿更有效？心理学的研究结果表明，在处理电子稿时，我们可能很少会深入，会被它的无缝分页推着往前跑。纸稿让我们阅读速度放慢，同时也会减少读者分心的可能性。但是，造纸需要伐树，而且用过的纸张很快就作废得送去回收了。这些讨论可以从安华高科技公司的网页上看到（安华高科技公司是英国一家致力于在电子环境下进行"专业性学习"的公司），比如这一篇《纸质版还是电子版：哪一种更容易修改？》（*Paper or Digital: which is the Best Way to Revise?*）。

得到他人的反馈，正是写作小组如此有价值的原因之一。另一个原因，当然就是写作小组能敦促你写出初稿。"我答应过我的写作搭档，这周四要给她一章的初稿。"类似这样的最后期限可能是内部的、非职业性的，但是它们会让你更有可能在最后期限前完成任务。你的写作搭档是某个人，而不是出版社。写给一个真实的读者看，这会给你一个具体的动机，好让你去写完（似乎没有那么具体的）出版社感兴趣的东西。[①]

有些作者不大情愿把草稿打印出来，就好像打印会破坏写作流程似的（"还没写完呢，我现在还不想打印出来看。"）。如果对于打印正在写作中的文稿，你也是这样的想法，那么试着用加粗的文字给每一页都加个页眉，写上"这只是草稿，我还不满意"，或者"这个草稿堪称一流，但我还有最后一个机会能把它变得更好"。虽然这样写有点儿夸张，但是目的达到了。我给自己的草稿写下的话更夸张呢。当然，实际上，你写的文稿，大部分在编辑接收和阅读

---

① 当然，出版社只是看起来不够具体而已。试着不要把它当作在你的研究领域内对作品进行鉴定的某种势力，要把它当作一支由有组织的专业人士构成的，为作者服务的团队。

前都得在电子设备中完成。在纸上的修改其实是"纸质版加电子版"的修改流程。

即使你赞成完全用计算机进行修改，你也要认真想想打印过程稿的事，至少在写得差不多了的时候打印一次。什么是差不多的时候？就是已经基本完工，但是你还没有敲定每个细节的时候。你只要觉得还有修改的余地，那就努力修改吧。

还有那些实实在在的读者，虽然你看不见他们，但是你是为了他们才开始写作的。这让我又不止一次要重复：不管你怎么写，在哪儿写，在你写得好的时候，你不只是为了读者在写作，而是和他们一起在写作。[①]

接纳别人的好建议，也要听听自己的建议

不要只是被动接受写作上的建议，要主动去寻求它。坦白地讲，学习修改的最佳方法，很可能就是大量去阅读在你的领域内好作者的作品。这意味着要读得十分仔细（这点你

---

① 在《如何出版》（*Getting It Published*）中我讲了这句话中的"为了"，来敦促作者修正写作项目中的中心句，从而能辨识出自己想象中的写作对象是什么人。我在这句话中用"一起"这个词来强化"为了"，鼓励作者去构想一个并非远程，而是近距离的读者关系，你要去做到这一点。

已经训练有素），但要以一种特殊的方式。如果你读到特别能打动你的好词好句或是逻辑性超强的句子，停下来，大声去朗读，再次大声朗读，然后把它们抄下来[①]，做好笔记。为什么这些部分会打动你？这些词句或是观点的写作方式有什么特别的地方？朗读它们时，你听到了什么？

你对他人的好作品能讲出来的正面评价越多，你越会更加贴切地理解自己写作时要追求什么。如果你阅读的文章的作者写得很好，你就看不到书页上的文字背后作者有过多少的煎熬。千万别上当，修改总是伴随着煎熬（虽然不是折磨）。我们称其为"好作家"的那些人，为了得到书页上最佳的文字，不知付出了多少汗水。正因为他们是那样做的，我们才有可能向他们学习。即便如此，我们多数人还是会向与写作有关的图书寻求建议。以下是5本对修改这个挑战性的话题有所涉及的书。

韦恩·布斯（Wayne Booth）和格雷戈里·卡洛姆（Gregory Colomb）的《研究是一门艺术》（*The Craft of Research*）是一

---

① 这样做的时候，你就汇入了源远流长的做摘录的历史长河中，因为至少在公元1世纪时，像塞涅卡（Seneca，古罗马政治家）那样的人就已经这么做了。随着活字印刷术的发明和印刷书本的出现，做摘录成为人们熟知的一种阅读方法，也是一种很好的方法。

本面向从事研究工作的写作者的经典著作。两位作者在书中展示了从研究目的向研究结果推进的过程中的若干写作原则。他们讲述的内容中有很多都适用于修改这个话题。英文原书中用了差不多20页来专门讲述如何对研究报告及类似的文体进行修改。

布斯和卡洛姆关于修改的建议颇具简洁的魅力。书中有一节的标题为"最快的修改",原文内容仅有2页,把繁复的修改工作简明扼要地总结如下:句与段的开头处,清晰的表述很重要;句与段的结尾处,适度的强调很重要。这个建议很棒,也很简洁好记。你也可以用体操术语来思考某一章、某一段,甚至是某一句:定位准确,落地平稳。开篇时聚精会神是很自然的,但是收尾对于有效的写作而言,也极为重要。①

另一种思考修改的方法可以在约翰·麦克菲（John McPhee）的著作《写作这门手艺》（*Draft No. 4: On the Writing Process*）中找到。麦克菲是杰出的非虚构作家和资深写作教

---

① 本书中还会有体操术语出现,请不要惊讶。我喜欢借用西蒙·拜尔斯（Simone Biles,美国职业体操运动员）的运动表现来讨论理想的写作原则。

师。读他的文字，就像身处研讨课之中，你能听到朴实无华且非常严肃的写作建议。给出这些建议的作家本人，十分精通自己讲授的内容。

当然，麦克菲讲授的内容并非全部适用于学术写作。他建议说："不要让读者的注意力放在结构上。"可是，为什么不呢？对麦克菲而言，结构"与人体骨骼的可见度相当"。这样来理解的话，文章就像是附着在隐形骨架上的皮肉。这则颇具艺术感的建议适用于散文作者，却未必适用于学者，后者需要整理思路来完成期刊论文或是书的某一章。这里就看出专业性写作与常规性写作之间的区别了。散文作者一般不需要在文章之前附上摘要，但是学者常常必须这么做。非虚构类作者和学术作者有很多共同点，但是学术作品的读者很少会抱怨说，文章的结构太清晰了，或是清晰得太露骨了。比方说，科研方面的文章，往往会需要先对研究发现做出总结，然后才呈现几页信息量非常大的、布满数据的内容。

因此，我需要强调：实验室科学家要进行的修改，与多数社会学科以及所有人文学科的作者要进行的修改，是有很大区别的。区别就在于叙事在修改中承担的角色不同，但是这也并非简单的非此即彼。对散文作者而言，无论叙事戴着怎样的艺术性和诗意的面具，它都是使写作能够成型的必要工具。对学术作者而言，论证和支撑往往是最优先考虑的，叙事则被放到后面。但我认为叙事结构对学术写作也很重要。不要担心叙事这个想法是否适用于你的领域，它是适合的，只是被赋予了其他的名字。随后在本书里我们会看到，把结构当作一种叙事手段何其有用。

克丽丝滕·古德西（Kristen Ghodsee）在《从笔记到叙事：如何将人物志写得人人爱读》（*From Notes to Narrative*：*Writing Ethnographies That Everyone Can Read*）一书中要完成一个不小的任务，那就是告诉人类学家以及其他人文学科的科学家，他们该如何展示自己的研究以及如何使其具有说服力。该书的副书名为"如何将人物志写得人人爱读"，这很清楚地指出了它的主要目标：可读性。古德西的书写得很简洁、口语化，而且非常鼓舞人。她写道："假如从本书中，你只能学到一件事，那么请记住这个吧：要咬牙切齿地去修改。"我想加上一点，有时候，作者需要把那些让人"咬牙切齿"的部分修改成面目可亲的文字。

在《十二周写好期刊论文》（*Writing Your Journal Article in Twelve Weeks*）一书中，温迪·贝尔彻（Wendy Belcher）就学术论文的写作给出了及时且"计时"的建议。虽然这本书主要针对期刊论文，但它洞见了学术写作过程中作者面临的恐惧和挑战，因此对于修改较长篇幅学术文体的文章也同样适用。例如，她告诫说，论文的摘要不能读起来像是下一步的工作计划。"它不应该包括'我们希望能够证明'或者'本文试图分析'或者'本研究旨在'这样的内容。[①]这些可以用在课题申报中，或是会议论文的研究计划中，但是不可以用在学术论文中。论文的摘要需要汇报你做过什么，而不是你希望自己能够去做什么。"

这点说得很好，指出了本科生、研究生以及其他学术研究者中普遍存在的一个问题。这样在论文中申明自己将要做些什么的不自信的作者，正在努力完成的可能是有一本书那么厚的手稿。他们会在每一章的开头宣布自己"希望"能够证明、展示或检验某个东西。无论你是在写一篇学术论文还是在写一本书，修改的过程都需要你去了解、讲述、决断、执行和说服。还是省省"希望"吧。

几十年来，霍华德·贝克尔（Howard Becker）的《社会科学学术写作规范与技巧：如何撰写论文和著作》（*Writing for*

---

① 这里说的摘要的写作和国内论文的写作习惯可能会有不同，请参照自己学科的惯例。——译者注

Social Scientists: How to Start and Finish Your Thesis, Book, or Article）就如何写作分享了很好的建议。当然，这些建议也适用于如何修改。我格外敬佩他毫不畏惧地支持短小的句子。鉴于社会科学界中无数文章的目标都是要在学术期刊中得到发表，贝克尔在写作、修改和发表方面的丰富经验都汇聚于此，这本书中那些脚踏实地的建议并不仅仅（人文科学家，请仔细听我这句话）适用于社会科学家。

从以上5本书中，你能够学到与修改相关的有用且各有侧重的内容。①如果你有定期写作的习惯，那么你很可能会有一书架和写作、风格与发表有关的书。那些书能够帮助作者进入写作的下一阶段，也是更清晰和有效的阶段——使作品得以发表。不过，针对学术写作修改方面的指南，无论是作为写作指导书中专门的一章，还是穿插于整本书中，内容往往比较分散。我们很容易理解为什么凑不齐一书架专门讲

---

① 如果你在修改博士论文的阶段，除我的《从论文到书》之外，你还可以参考贝丝·卢伊（Beth Luey）的《修改你的论文：来自卓越编辑的建议》（*Revising Your Dissertation: Advice from Leading Editors*）。这本书给读者一个机会，让他们能够听到学术出版社对博士论文及其探讨的内容的可能性的见解。

学术写作修改的书。①"关于写作的明智建议"听起来要么像"应该这样"和"不应该那样"的索引卡片，要么像与作者个人习惯和倾向密不可分的话题，无法做到有用的推广。前者太过肤浅，后者太过松散。

但是，我们可以仔细地思考修改这个话题，就像我们笔下的其他话题一样。那么，到底什么是修改？要反复很多遍吗？对的。要关注结构，关注作品的布局和推进吗？是的。要注意作品在读者脑海中的声音，观点的表达以及精练的程度吗？要有说服力，要坚定，给读者以愉悦或惊讶吗？没错。当然，不同文体的写作要有不同的重点，不同的作者也会给自己设定不同的目标。一定是这样的，而且根本没有捷径能确保怎样的修改是成功的。怎么可能有捷径呢？然而，我们依然可以提出一些想法，使每一位作者，无论他们写的是什么，都能向更好的下一稿迈进。

---

① 但是，这样的书还是有一些的，以后还会有更多。它们对修改的理解和给修改者的指导各有不同。比如，2021年耶鲁大学出版社出版的帕梅拉·哈格（Pamela Haag）的《修改：学术作者改进、编辑和完善手稿的基本指南》（*Revise: The Scholar-Writer's Essential Guide to Tweaking, Editing, and Perfecting Your Manuscript*）。

一些修改的原则

在很大程度上，修改指的是认真思考你已知的有关写作的正确知识，并将其付诸实践。这里有几个原则，这些原则并不是要给你新的启示，而只是提醒你记得那些大多数作者已经知道的东西。后面几章中的所有内容都会遵循这些原则，也许你会想多读几遍。那么，准备好遇见已知的内容，而不是收获惊讶吧。不过，如果这些内容能使你对写作的思考更为完善，那本章的目的也就达到了。

1. 纠错并非修改

如何能使文章变得更好？人们对此有着一个很大的误解，那就是将纠错等同于修改。纠错是细节的、局部的、即时的。纠错也很重要，因为没有什么会比错别字更快、更醒目地跃入读者的眼帘。这一点，我那些并非不朽的作品中此类错误便让我有了足够的了解(人总会犯错嘛)。

纠错主要与语法规则有关，单调又耗时。是"它是"还是"它的"？是"有人"还是"友人"？世上还有像飞快地纠正一处错误那样让人满足的事情吗？如果你的眼睛对此类错误格外敏感，那么你只需认认真真地通读一次，就能找出类似的简单错误。或者，你也可能从老师或编辑那里得到帮助，你可能会看到他们在页面上简要标注的错误类型，比如，成分残缺（句子结构不完整）或词序不当（修饰语与中心语的远近关系处理不当），然后你将它们改正就好了。

人们很容易将纠错和修改想法乃至重塑文章结构混淆。这里并不是说纠错就不重要。我们都已经习惯了去遵守拼写检查中的那些语法规则。拼写检查程序会将你文档中的单词与其词库中储存的单词对照，指出哪些地方违背了语言规则。可能你会时不时地想象着你的笔记本电脑里藏着一位看不见的写作老师，他默默地"要求"你，让你去"忽略""接受""全部替换"。假如学术写作界也有"崇拜"，那拼写检查程序恐怕就会受到许多人的崇拜。①

有时，我们很难在小的修改和大的纠错之间划清界限。有个故事很难不让人津津乐道：话说有位作家曾花了整整一上午，累得筋疲力尽，就为了从文中某处删掉一个逗号，而后又将其添了回去。这个故事的主人公常常被认为是《包

---

① 但是，拼写检查程序就像语音输入程序一样，并不能准确地知道你心里想的是什么。让它给你提醒，但是不要把它当作"词语警察"，当作是"好心来帮忙的人"就好。

法利夫人》（*Madame Bovary*）的作者福楼拜，其人以写作过程极为严谨而知名。但这个故事真正的主人公却是奥斯卡·王尔德。[1]对王尔德（或者福楼拜）而言，删掉还是加上一个逗号可能会改变文意，因而可以被看作修改（想想那则经典的、让人瞬间失笑的标点笑话吧："咱们吃，奶奶。"因少了一个逗号就变成了"咱们吃奶奶"）。大多数时候，我们可能会把加不加逗号看成是语法上的纠错，或者写作风格上的小问题。就我们的写作目的而言，逗号的增删不算修改[2]，校对也不算修改。做修改的人也会去纠错，但是他们考虑的是更为宏观的事情。校对是必需的最后润色，但无法和修改相提并论。校对阶段不是"进行修改"的时候。

2. 写作即思考，思考即写作

写作是作者的工作。修改是写出为了写作而思考的东西，这一过程与写作类似，但需要高度的自我意识，需要密

---

[1]　约翰·库珀（John Cooper）在《奥斯卡·王尔德在美国》（*Oscar Wilde in America*）中收集了该证据。

[2]　当然，对诗人而言，每个字母、每个笔触或字形都是重要的。但是，学术类非虚构作品的思考要在这些细微的美学考虑之外，你不用写得像抒情诗一样。

切关注未知的读者。

你在写初稿时都在思考些什么？好的修改不仅要思考写作的原因，还要思考写作的内容以及方法。修改不仅是动作而已——舞步示意图只能告诉你跳舞的基本舞步而已，同样，修改项目列表也只能告诉你修改的基本项目而已。

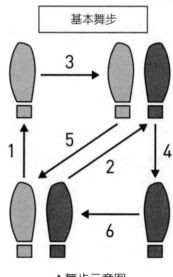

▲舞步示意图

如果你想成为舞者，就去跳舞吧。即使你觉得写作简单（至少在你的写作状态好的日子里是这样的），修改和首次将思想付诸文字的写作过程也大为不同，它是把丰富的思想压缩进小的空间里，或者把细微的思想延展到大的空间去，是重新排列素材以建立其间的新联系，是删掉曾经看起来重要但现在已不再重要的东西，是把篇章变成段落、把段落变成篇章，或者仅仅是面对这一残酷现实：你刚刚写好的那部分需要被从头重写一遍。

诗人塞缪尔·泰勒·柯尔律治（Samuel Taylor Coleridge）的话，常常会被列入有关写作的睿智建议中。据记载，他曾说过，他希望年轻诗人能记住他"平淡无奇的对诗与文的定义，即文章是以最好的语序组合单词，而诗歌是以最好的语序组合最好的单词。"[①]此话到目前为止还不错。但是，如果你要修改文章，那么你仅听从一位浪漫主义大师精辟的忠告，去寻找"最好"，可能还是不够的。你已经知道，你想要的是你现在的文章的更好版本。没有最好，只有更好。

3. 好的写作具有说服力

无论学术作者在写作时还在做什么，还有什么其他的目标，他们都要让读者觉得他们讲述的东西（无论多么复杂）具有说服力。

---

① 柯尔律治的女婿将柯尔律治的餐桌谈话记录下来，并收录在《餐桌谈话》（*Table Talk*）中。柯尔律治说这番话的日期是1827年7月12日。

尽管说服和辩论意思相近，它们却是不同的概念。辩论是强烈、具有争辩性质的说服。"辩论"一词来源于希腊文"polemos"，意为"战争"。辩论从某种意义上来讲，就是通过语言来进行的战争。并不是所有的说服都是辩论，也不该如此。不过，所有的作者都在从事着说服这件事。

多数学术作者都想在某件事上说服其他的学者，论文作者也一样。在被问及写学术文章是否比写小说容易时，詹姆斯·鲍德温（James Baldwin，美国散文家、社会评论家）回答说："学术文章的实质是立论。学术文章作者的观点一贯是清晰的。作者要让读者看到某一点，并使他们相信这一点。"论文、专著等学术文章都是学术作者赖以为生的东西，他们全都与说服读者相关。学术作品的读者学识渊博而且眼光挑剔，他们的好奇心来自渊博的学识，来自对作品的高标准、严要求，他们在解读复杂的东西方面训练有素，他们解读的不仅是立场、思想，还有脚注、尾注、附录以及各种形式的辅文。他们期待着论证和反驳，期待着形式新颖有趣的探求真理的想法。这些人阅读时可能就像拳击手带着拳击手套，准备随时出击一样，随时准备与作者展开辩论。

永远都要考虑读者和读者的智力水平。特别是在电子世界中，与其说写作是一个传送系统，不如说它是一个生态系统，当然，只要作者写作时心存读者，就能让这点实现。不过，说写作是由动态、独立的成分构成的生态系统，这一点格外适用于学术写作。这么理解的话，学术作品的读者是很有价值的，他们不是信息的接收者，而是信息网络中活生生的参与者。"他们"是"我们"，也是"你们"：我们按键盘上的按键写作，读者和我们一样具有缜密的思维和批判的眼光。我们便借此互相输送观点，得到新的成长。

学术作品的读者，和其他各类读者一样，都希望作者能够意识到他们的存在。如果接受了这个概念，你就能明白哪里需要修改，以及为什么需要修改。好的作者会明白：阅读不仅是简单地汲取信息，甚至也不只是接触新的观点。阅读是读者和作者双方兴趣的交流，而不是从作者指向读者的单行道。

请记住，读者需要作者的关注，这样才能换来他们对作品的关注。这点有什么可以指责的呢？读者期待能读到论证与说服性的文字，但是这一点对于我们这类急于阐明观点的学者而言，也会伴有风险。读者期待作者与他们进行辩论并说服他们，但他们不想作者重复给他们灌输已经懂得的知识，他们也鲜少有耐心去聆听教诲。写作是相互的，是一种交流。

请允许我就这一点多探讨几句。读者并不是仅仅在那里购买、租借或者下载你的文字。他们参与到文字中，使得原本缺乏生命力的文字鲜活起来。我们甚至可以说，是读者造就了作者。读者通过阅读作者写的书而造就了作者，正如音乐家通过演奏作曲家谱在纸上的音符而造就了音乐一样。[①]

此外，还有一些其他的写作原则也容易被误解。人们常说的创意写作者要比大多数学术作者更能理解结构、语气和故事的重要性[②]。这几项对从事创意文体写作的人而言很重要，对学术作者也同样重要；对旨在说服的论证写作重要，对成功的学术写作也同样重要。我们在修改学术作品时需要注意结构、语气和故事，才能达到说服的效果。

说服并不只是提供证据和添加脚注，从来都不是这样。说服是将必要的细节进行浓缩，并用来支撑作者的主要观

---

① 罗兰·巴特（Roland Barthes）在1987年的文章《作者之死》（*The Death of the Author*）中辩论过文字是独立于作者的存在。巴特这一深刻且具有广泛影响力的观点与本书的中肯劝告不谋而合：要听文字做了什么，说了什么。

② 社会学家、文学评论家以及电影史学家，他们在打磨非虚构类作品时都算是创意写作者，只不过一般不这么称呼他们。在本书中，我按照人们对创意写作的常规理解来使用这个术语——但是我并不喜欢这个理解。

点，而不是分散读者的注意力。读者关注的是有形的文本。他们想知道的是，在真实的载体背后有着真实的头脑。这头脑会产生一些想法，会思考用怎样的结构来承载这些想法，并精心设计出合适的端口来传达给读者。即使你正在进行的非虚构写作是实验性质的，这些原则也都适用。简而言之，读者想知道为什么他们要在你写的东西上花费时间。换言之，你凭什么可以邀请读者参与到你写作的生态系统里来。你在修改时，要思考、计划如何能使读者参与和行动起来。

无论是作为学生还是作为学者，要想使写作具有说服力，归根结底，是要知道你想要表达的是什么以及找到方法来证明它。

4.数据和叙事

我们对论点和论据的反应受制于我们用来组织知识的系统，也受制于我们从事的学科。基于证据、理论驱动、满足好奇、方法缜密，这些是用来描述科学探究的词语，而科学探究是现代生活的根本。各个人文学科也是如此，因为它们内容丰富、联系历史、关注民生，并孜孜不倦地探求价值和意义。

然而，有多少次我们听到这样的说法：科学家运用数据，非科学家则不然？就好像这句话能明确证明科学是真实和正确的，而其他形式的探究和研究都没有那些属性。这样让自然科学学科和人文学科水火不相容的简单粗暴的二分法，居然能在21世纪的世界里得到流行。人文学科以及相当一部分社会学科的研究者，总会在持续的压力下做解释：在非自然科学学科中使用的研究方法，无论是完全质性的研究还是部分质性的研究，都和自然科学学科中使用的研究方法一样的严谨缜密。但数学证明设定的标准就太高了。

这标准不仅高，而且往往是错误的。在有的学者工作的领域中，书本不仅是学术产出的单元，还是输送新知识的渠道。对他们而言，用数学证明那样的标准来衡量是不可能的。不是因为标准太高，够不到，而是因为不同学科要衡量的东西的种类不同。

学术叙事的写作也可以做到实验室里做不到的东西。1949年，英国哲学家吉尔伯特·赖尔（Gilbert Ryle）曾警告过范畴错误的问题，该问题有时也被称作范畴混淆。反复地将定量研究的方法误用到质性分析上面，这就是一种范畴错误。

想要写得有效和有说服力，我们需要知道自己领域内的标准是什么，用来衡量我们的作品的标尺是什么。所以，让我们的思维暂时跳出自己的研究领域，思考一下我们是如何来定义自己的。

不同学科的学者和研究者可能会被分为"数据驱动类的研究者"和"叙事驱动类的研究者"。数据驱动类的研究者包括自然科学家（比如数学家、像工程师那样的科技领域工作者），社会科学中的定量分析者，有时甚至包括一些人文科学工作者。而叙事驱动类的研究者几乎遍布所有的人文学科，以及范围十分宽广的社会学科，他们使用的分析技巧和步骤并不严格基于数据的收集及分析。那么，哪些人算是数据驱动类的研究者，哪些人又算是叙事驱动类的研究者？

我们这些写作者需要一个新术语，这个新术语能够把在叙事模式下进行工作的研究者（无论哪个学科）所做出的努力都囊括进来。我们不妨把他们从事的这一系列活动叫作"叙事分析"，不是对叙事的分析，而是对以叙事的形式提出的问题或主题进行分析。

叙事分析对人们的所做及所言进行格外复杂的调查，调查的原则来自人文及社会科学，包括逻辑学和伦理学，重复检验和双盲测试（即盲测）。这些原则又会有助于指明发现问题和识别证据的方法。作为写作者，我们中的多数人都在进行叙事分析。

用数据和叙事来重新描述学术界，为在不同学科之间建立联系，提供了新的机会。这有可能使我们聚焦到分析性叙事的产出上，将其普遍地与社会科学、大多数人文科学，甚至自然科学的某些方面联系起来。当你有话想说，并希望他人听到时，你组织起一片片的信息使其成为可能，这就是叙事。

为什么关注写作（特别是学术写作）的叙事维度很重要呢？因为叙事即讲故事，故事会让人们感兴趣。即使是学术类的故事，人们也会感兴趣。

数据也可以做到这一点，但是大多数时候我们依然需要叙事来解释数据。学术性的、分析性的叙事，讲述的是有关复杂世界的复杂故事。要做到这一点，需要组织想法，调查证据，呈现论点，打磨语言，以便能为目标读者所接受。

或者，换一个角度来看。我们所谓的学术写作，其实是经过细致研究的非虚构写作。学术写作是学者写给学者看的有关学术的东西。但是既然学者致力于检验世界、人生、思想——实际上几乎所有的一切——从而追求新的知识，我们就需要将"与学术相关的事物"这一观点转变为"一切事物（只需要通过训练有素的人运用的工具来看待它们）"。

学术的目标是新知识，即正在进行的且永不休止的重新构想世界的任务。交流大部分新知识的媒介就是学术作品。因此你才需要去写作。

5. 寻找能带来益处的困难

写作从来都不容易，但是对学者来说要更困难一点，这也是学者喜欢写作的原因之一。学者与困难共生，因为困难会激发思考，会产生有关思考的写作。[①]

当然，这并不是因为学者都是格外难打交道的人。在你认识的学术圈外的人士中，一定有比学术圈内脾气最不好的学者还要难相处的人。但是学者是主动寻找麻烦的人，他们寻找困难。在有些地方，其他人除了混乱无序，看不出别的什么，或者找不到明显的问题，而学者却能看到有迹象表明结构不完整、论点不连贯，甚至转折有问题，他们能从可能进行的探究中看到对事物进行解释的希望。

学术与解释新信息、新工具和新概念有关。好的学术总是新颖的，也总与新的事物相关。研究楔形文字碎片的学

---

① 乔治·斯坦纳（George Steiner）为诗歌阅读的内在困难进行了分类分析。阅读诗歌的工作，与就研究项目进行写作的挑战之间，有一些引人注意的相似之处。见1980年牛津大学出版社出版的《关于困难的和其他类型的文章》（*On Difficulty and Other Essays*）。

者，与研究21世纪美国种族偏见和选民压迫机制的学者一样，都致力于自己研究的新颖性。

学者克服种种困难使研究具备新颖性，或者说是只有克服了各种各样的困难才能做到这一点。请你在修改的时候，想一想是什么使你的学术工作变成了挑战：有死胡同，有无法继续的路，也有突然"嘭"的一声关上的大门。有许许多多我们无法很好理解的东西，有的语言我们不懂，而有的证据我们刚好无法破译。

在工作中你曾遇到过多少种不同形式的困难？可能至少碰到过下述的这些：

紊乱带来的困难（比如论据不知所云）。

缺失带来的困难（比如记录被销毁）。

矛盾带来的困难（比如两种强大的传统，或两种对立的观点）。

所需工具缺失带来的困难（比如我们还没有发展出解读这些纸莎草的技术，或者所需要的档案还有20年才能解密，等等）。

有困难就要识别它。假如你能识别你在写作项目中遇到的是哪种困难，那么你能更清楚地思考下一步如何进行。以上述的第一种困难为例，第一种困难是紊乱带来的困难，你的论据材料很乱，理不出头绪来。此时也是一个机会，让你来辨识哪些能做而哪些不能做。虽然你无法根据纷乱的写有论据材料的纸张完成写作项目，但是你可以尝试从你能够组织起来的材料中展开叙事，尽管你知道还有许多吸收和解释的工作需要做。

第二种困难是缺失带来的困难，在这里你的论据并非杂乱无序，而是压根就没有。识别了这种困难，我们就需要对缺失的部分进行推理和理论化。这是正当而且必要的思考模式，只要写作者认识到这些是推理和理论，而非事实即可。

第三种困难是矛盾带来的困难，识别了它，就会提醒我们要采取置身事外的立场，要抽身于对立的两极之外。这时需要从新的角度去观察这两股矛盾的力量并进行思考。即使你无法解决矛盾，但你仍然可以对其进行辨识和研究，这样后来的学者就可能会从你的思考中找到解决问题的方法。

第四种困难是所需工具缺失带来的困难。即使我们无法解决某个问题，但我们只要认识到自己缺乏理解它的工具，就能通过对它的思考来重新定义术语。重新定义对学术类的工作而言至关重要。为人们尚不了解的东西进行定义，这可以说是作者赠予读者的最珍贵的礼物之一。

在修改中，我们希望自己能弄清楚必须讲述的内容，还要弄清楚我们可以讲述的极限在哪里。我们的修改不仅是为了填补空白，还是为了更清晰地描绘出写作单元之间的过渡和空间，从而使写作的内容更清晰易懂，使我们想分享的内容真正地得到分享。把修改的任务当作一个让问题更为清晰的机会。因为，归根结底我们要写的、要探讨的、要与之斗争的问题，才是学术研究的唯一真实的对象。

6. 我们需要好的问题

尽管我们需要困难，但是没有哪个作者愿意在常见的壁垒前受阻。不好的问题不外乎那么几种，通常要么是重复已经知道的东西，要么是用花哨的新名词来包装熟识的旧信息，要么是只涉及一部分小的细节，并没有可预见的应用。[①]

相反，好的问题都是有意义的问题，能衍生出更多有意义的问题来。这种时候，你就具有了我们所说的"生成性见

---

① 对不好的问题进行的研究，也不一定会得到不真实的结论。结论可能是真实的，只是会琐屑而不实用。如果你的目标稍微高一些，你就会明白这点。

解"。此时，你可以说："我能看到其他人注意不到或者理解不了的东西，假如我的想法无误，那么我的面前会展现出一系列的问题或具体方向，甚至解决方案。"下一步要做的就是随着问题前行，创造出有可读性的东西。

生成性见解可不只是一个好想法。它是一个想法发动机，能够指出新的路径，创造出新的研究路线。生成性见解也有其他名字：突破点、范式转变、规则变换。人们用这些词来定义新颖的、核心的、多产的事物。

在学术写作中，总是会有小的想法和大的想法，二者我们都需要。小的想法虽小，但可能会带来有价值的修正。而大的想法能指明路径和模式，告诉我们如何超越眼前的关注点，对事物进行更深的思考。

一个学者，无论其研究领域是什么，都受过对事物进行关注的训练，为具备生成性见解做好了准备。以下这些可能是学者的共性：即使对不起眼的小事物，也具有持续且负责的关注力；能接受证据、历史以及系统性的假设；有观察角度，有观点，有理论；有讲授的渴望。好的学术性写作不仅是在思考，也是在讲授。因此，好的问题，是一个使讲授成为可能的问题。

7. 每一版既是一个阶段，也是一个舞台

修改这项工作是一个包含若干"stage"的过程①，这里的"stage"至少有两重意思。你可以把修改想象成旅程，或者是从甲到乙的路途上的某个时刻（想想长途车在路上遇到的停靠站，或是人从婴儿到成人的成长过程中的某个阶段）。经过前面的讨论，你已经知道不可以"把你的家庭作业拿去发表"，即不能硬塞给读者你发现的东西或是别人已经说过的东西。无论你自己多么享受你的研究，那样的东西读起来都太无趣了。还是把写作想象成一项参与性的活动吧。

我们很多人都学过对写作进行动态的思考和修改。写作，特别是学者进行的复杂写作，也可以被想象成在戏剧舞台上表演，戏剧演员（也就是你这样的作者）在"表演自己对事物进行思考的体验"。展现你的想法，与只是撰写你的研究结果有很大的不同，后者是为了将研究结果传送给适当的接收方，以便对它做进一步的分析。这是两种不同却又合理地展示你的知识的方法。

针对同样的主题，写作的方法有很多种。当然，在你进

---

① stage有"阶段"的意思，也有"舞台"的意思，在本书中作者运用了这一单词的双关意。——译者注

行写作的时候，你会从中选择一种方法来展现你知晓和想表述的内容。

来看一个例子：鲁伊斯（Ruiz）博士完成了一项有关美国密歇根州弗林特市（Flint）的饮水毒性的检验。在最终检验报告的标题下列有11位作者。作为首席研究员，她的姓名列在首位。该报告只有10页，但其中遍布分析类与科学类的细节。该报告中列举和展开了与当地水质污染危机相关的各项数据①。这是一份科技文件，不必写得言辞恳切，文采四溢——可能也不该写成那样。该报告中的研究主要依赖定量分析，是写给该领域的其他专家看的。

李（Lee）博士是一名城市社会学家，他为《纽约客》（*New Yorker*）写了一篇探究弗林特市现状的文章，讨论在不洁的水源下抚养孩子产生的后果。《纽约客》中的文章不仅为了传递信息，更是为了将读者带入对主题进行思考的体

---

① 莉萨·吉特尔曼（Lisa Gitelman）和弗吉尼娅·杰克逊（Virginia Jackson）在2013年麻省理工学院出版社出版的《"原始数据"是矛盾的》（*"Raw Data" Is an Oxymoron*）一书的引言中说，我们想象着数据总是中立、透明、绝对真实的，这点很危险。数据是经过选择和排列，为论证服务的。从我们正在探究的意义上来讲，数据总是被"展现"的。

验当中——哪怕只是对文章本身的内容有所思考，当然每位作者都希望读者能进行更深层次的思考。李博士甚至可能会引用鲁伊斯博士的检验报告。

这两位作者不仅写作风格不同，对细节的挖掘程度不同，而且选择了不同的方式来展现他们要给目标读者讲述的内容。

展现一个人的想法，是要对想法进行组织和展示，在这种组织中包含了某种角度。无论这种展现多么想做到中立客观，它始终是一种表演。无论你在写什么，你都处在某个角度上。尽量中立、努力客观，但是你在文章中总是会处在某个立场上，这也是一件好事。

我们并不经常用这些术语来谈论写作。因为这些词听起来好像自我意识太强，甚至有点自恋的感觉。旗帜鲜明地呈现自己对主题的思考，就好像是在宣布："关于某主题（比如污染）我已经写得够多了，现在谈谈我自己吧。"但这不是这里所说的对思考某事的体验进行表演。"表演"指的是富有说服力地展示为什么你的想法是重要的，这些想法的根源和目的何在，你产生这些想法的动机可能是什么以及你所能想到的后果是什么。这才是我们说的展现你的想法的意思。

用表演来类比修改就到此为止。现在与你相关的舞台就是你正在写的文稿。无论你的写作和修改过程多么有条理，多么有系统性，你可能还没有把握能得到最终的一版。虽然修改不是一门科学，但是一遍又一遍地回顾你写下的内容，你会感觉到你距离自己想要阅读和分享的那一版越来越近。

我们在谈论学术写作时，并不总是谈及对事物进行思考（真正的思考，创造性的、谨慎而带有目的的思考）的体验，但我们应当如此。思考的体验比论证更难以捉摸，比评判更具行动力，比证据更有弹性。当你写得很好，对自己的作品也听得很好的时候，这种体验就会发生。

因此，最好的写作是为了在读者面前呈现出作者思考某个问题的体验。这体验可以写得生动，甚至扣人心弦。有经验的作者通过运用各种手段来做到这一点：变换语气和词汇，灵活处理句式，引导读者注意力的方向，从一个主题快速推进到另一个主题，或者沉下心来就某个东西写下很多页有深度的内容。读到好的文章时，你会觉得自己在见证一个头脑工作的过程，是一字、一句、一段，乃至一篇。当然，并不是每个写作者都有这样的技巧，但是对有抱负的写作者来说，这是能够追求，也应该追求的理想。作为读者，我们会为之吸引，一页一页地往下读，去听作者在向我们说些什么。①

在《仲夏夜之梦》（*A Midsummer Night's Dream*）的结尾，满心狐疑的忒休斯（Theseus）说他可不相信什么仙子、幻想以及离奇的话。他抱怨说诗人看到"虚无缥缈的东西"，然后就给它"一个住处和名字"。忒休斯认为他能鉴别什么是胡说八道。但是他错了。假如诗意指的是通过精心构建的句子、段落或章节，将想法和论据有力地推向某个实实在在的、只是由文字构成的东西，那么所有的写作中都有诗意。

8. 不要低估直觉

好的写作，和伟大的舞蹈一样，无法仅凭讲解就能让人学会。修改的一个真相，是经过所有的研讨、静修及学习以后，我们对写作的了解，最终还是要凭直觉来获得。伟大的

---

① 当然，阅读的方式也有很多种。多数时候我们只是略略一读，就向后翻页，或者滑动鼠标滚轮向下翻页了，匆忙中很可能会错过组织得最精彩的论证或呈现得最精巧的思想。但是假如我们在这种零散的阅读中发现了似乎值得细读的东西，我们会回到第一页或者文章顶部，重新再来。阅读时的这两种不同的参与方式之间是有冲突的，后面我讲到写作的结构时，还会再对它们进行讨论。

作家有直觉，好的作者有一些直觉，我们中的大部分人时不时地也会有那么一点直觉。自称写作水平很差的人，会觉得自己没有直觉（至少在他没有见到什么是直觉之前，他是这么想的）。

事实上，直觉无处不在。花点时间想想你自己的草稿，无论是写得不错和有待提高的，还是你知道注定会被塞进抽屉，不见天日的。如果你能区分开这二者，那你的直觉已经在起作用了。写作的人都知道那种感觉，就是有的草稿可能永远都只是草稿，要么是因为作者不想再对它进行修改，要么是因为作者自己也不知道写出来后到底会是什么样，要么两种原因都有。这也是直觉。

有的草稿确实只能被当做试验品，就像写下5000字，和自己玩了个接字游戏一样。这些文字就没有被继续修改的理由了。它们永远都是草稿，但是可以被留下来，为将来更好的作品提供有用的素材。我写过很多草稿，也删除过很多草稿。优美的句子不一定真实，优美又真实的句子也不一定会对我正在进行的写作有用。

不过，写作者经常会发现，从一些写不下去的草稿中却能够瞥见新的开端、新的方向，甚至是一个全新的、完全意想不到的新项目。

好的写作直觉会告诉你，成功的学术写作不是和信息传送相关，更不是（借用商业术语来说）所谓的"可交付成果"。永远不要把写作者想象成传送内容的人。那是自动化程序做的事，甚至有很多自动化程序连这都还做不到。作者是向读者展示想法的人，好的作者会很有说服力地做到这一点。

到底什么才是"最好的单词、最好的语序"？我们怎么能知道呢？我们努力的目标，是尽可能清晰且有说服力地让文章表达出它该表达的内容。这就是我能想出来的关于"最好"的定义。运用材料、展现想法、筹划结构、安排时间、认识到读者的存在，所有的这些，当你在修改的时候，都萦绕在你的心头。你从自己的作品出发，尽量用旁观者的视角去读它。准备好在你的电子稿里插入你想到的问题，或者在你的纸稿上用铅笔做各种笔记。相信你的直觉吧，因为它来自经验。

9.听他人的意见，即使有些意见很刺耳

努力去听你自己的文章，也努力去听你对它有什么想说出来的看法。但来自他人的评判更值得你特别注意。有朋友参与当然很棒，他们会告诉你，他们是来给你帮忙的，但是你要宽容一些，毕竟没有多少人能够或者愿意很直白地给熟

人的文章做出专业水准的反馈。"你写的我真喜欢"并不是评价性的反馈，而是朋友间表示赞许的表达。但是，如果你向出版社投了稿，并收到匿名的"专业读者"的审稿意见，那么你就对读者可能会有的反馈有个大致的了解，这是非常有价值的。

学术期刊和专业出版社委托或邀请编辑，作为你未发表的文章的第一位读者。如果这一步进行得顺利，那么编辑会写一份审稿意见。审稿编辑一般不会只给出简单的夸奖或批评，他们是训练有素的专家，会给出有用且专业的评估，通常会有好几页内容。你拿到这些意见后，就请系好"心理安全带"，坐稳了，然后仔细阅读。

即使是最为热情、喜欢夸奖的专家，他们在审稿意见中也会附有一些建议，旨在使本来就已经很优秀的文稿更为优秀。但也有些审稿意见只是简单地说不行。回应负面评价从来都不是容易的事。哪有作者愿意读到自己的文稿不被理解或者直接被拒绝呢？相信我：除非是有恶意的负面评价（无论作者感情上多么受伤，一般情况下专家的负面评价都是没有恶意的），最苛刻的解读很可能也是最严谨和最严密的解读。换句话讲，能理解你的意思并对你提出符合你的水准的要求，这样的严厉和负面的解读其实是好事。你的编辑就是中间人，在你和审稿意见之间架起一座桥梁，鼓励你看到支持性的评价，同时也敦促你认真考虑和回应让你不那么舒服的观点。因此，把认真的"负面审稿意见"看作最严厉的"正面审稿意见"吧。把审稿编辑看作使你避免错误、避免发表有缺陷的作品的人，而不要把他看作是阻碍你发表作品的人。好的编辑会请你以写作的方式来回应批评。回应，但不是缴械投降。请仔细阅读审稿意见，至于要采用哪些意见，回绝哪些意见，这得你来决定，毕竟这是你的作品。

原则小结

好的，现在让我们把所有的原则都串起来，让它们更有意义。在你写作、分析和计划修改你的草稿时，关注到这三个以A开头的单词：论点（argument）、结构（architecture）和读者（audience）。无论你写的是什么，让这三个词常伴你的左右。

首先是论点。不要迷失在旁枝末节中，要切实知道你笔下的内容想要表达什么。一个论点不可能包罗万象，要让它落在某个尽可能确切的东西上。即使你想要从这个确切的东西推广开来，你也需要有中心和重点。一个论点首先是一个靶心。

其次是结构。理解你已经写好的文稿的结构，思考你想要的结构，去做改动，让前者向后者靠拢。各个体裁和学科都有自己的惯例，要了解它们，包括你所从事的写作在形式方面的惯例。

最后是读者。对你的目标读者坦诚，为他们而写，写出能为他们所用的想法。

本章很长，内容也比较杂，但是你想要从写得好变成写得更好，要考虑的东西确实有很多。

第二遍草稿往往要更好一些，本书的主题（主题本来就是需要重复的，所以容我重复一遍）之一就是写作，特别是学术写作，是一套工具。想想如何能把你写下来的内容变成读者可以使用的工具，这会改变你的写作，不仅是你写作的内容，还有你写作的方式。

现在，去门外散散步，再好好睡一觉。等你觉得头脑清醒了，冲一杯咖啡，擦干净书桌，卷起袖子开工。保持清醒与动力，这是写作中最难做到的事之一，同样也是修改中最难做到的事之一。

第三章　清点已有

关于写作的形式与内容的关系，作家玛姬·尼尔森（Maggie Nelson）曾有过这样一句精辟的建议："得等你能看到你做了什么时，你才知道自己做了什么。"我想她的意思是，你得先写完了，才能回顾并发现你写出来的都是什么内容。作为一名作者，这就是你平日里要面临的挑战：看到你已经完成的工作有哪些，然后决定你下一步将要进行的工作是什么。修改中最难的事情之一就是要了解你已经拥有了什么。在本章里，我们一起来看看，有哪些方法能让你看到草稿里写了什么，而你又是如何写下这些内容的。

那么，你是哪一种作者呢？回答这个问题，有助于让你思考自己已有的草稿以及如何对它进行修改。世界上有各种各样的作者，有的人写得慢，有的人写得快；有的人围绕一个中心前提进行展开，也有的人从不同的线索出发，将它们以某种关系进行组织并联系到一起；有的人在开始写作时并没有直接的目标，只是抓住了一时的灵感，也有的人在第一页还没写完时就定下了完整的写作计划。不过，据我猜测，多数学术作者的写作方式不外乎这两种：拼缀式或打磨式。

拼缀式作者一次写一个段落或小节，他们会尽可能地深挖一个想法，比如写下一个长段落或者两页深思熟虑的文字。这就像完成了一片思维拼图，然后下次再写下另一片。文艺复兴时期的壁画家，就是这样一片又一片地进行工作的。他们把墙上某一片区域抹好灰泥，准备好，再运用色彩去完成这一片的绘画。比如某一天画上去一位传信的天使，第二天画上去一位读书时大惊失色的少妇。如此这般，直到完成整幅壁画。如果你观察得足够仔细，那么你能看到这两天的工作交界处的接口。有些作者就像这些壁画家，写完一部分后再写下一部分。有时我们从他们的文字中也能看出接口来。如果你是拼缀式作者，你手头可能会有大量的素材片段，你希望将来或现在能用得上它们。这些素材可能是两页一气呵成的文字，其中好像提出了一个很棒的问题；或者是一个精彩的段落，而你还不知道放在哪里合适；又或者是一条来自某个重要来源的有分量的引文，以及你对这条引文同样有分量的回应。

打磨式作者则不同。他们写下文字之后，无论是一句、一段，还是一页，都会立刻回头再看，对写下的文字进行一次又一次的打磨，比如挪动一个从句的位置、替换掉一个词语，改进一个句子的时态等。这类作者永远都不会觉得满意，他们总是能找到改进的空间。

打磨式作者可能当不了好的壁画家，但是他们可能是非常棒的解谜能手。相比而言，拼缀式作者能够更快地看到自己想要完成的是什么，至少能看到每一步完成的是什么。打磨式作者则会不停地回看他们的作品，因而可能把他们比作油画家更为合适。油画家画完一张画后会将它先放在一旁，下次再来润色背景，涂掉冗余的人物，改动一两座山的位置。如果你仔细观察一幅早期油画大师的作品，有时你会看到他做了改动的地方。比如，因为年月太久，颜料剥落，之前盖住的部分显露了出来：原本曾经画过一条腿但被涂掉的地方，现在有了模糊的腿的印记，远处原本画着房屋的地方现在则是一棵树。

拼缀式作者对写作任务的大体框架有更多的感觉，也更有信心去达到写作任务的要求。打磨式作者则相信修改是永无止境的，相信修改会让好的作品变得更为出色。

这两种写作方式都有需要注意的地方。拼缀式作者可能会默认读者有能力跟随他们一起从一个部分到另一个部分，因而或许会在写作中缺少必要的衔接手段。打磨式作者则可能会默认读者有能力从精心描画的树木中看出森林来，他们的写作有时也会被形容为雕琢式，意思是像切割和抛光宝石那样进行精雕细琢。

这两类作者之间的区别只是从写作理论的某一方面来讲的，真正的作者（比如你）是两种写作方式都用得上的。但是，当你在修改时，你需要很明白地告诉自己，你的写作方式更偏向哪一类，你的写作过程是怎样的，以及你的写作目标是什么，这些对你都会有帮助。

我的修改很凌乱。我从写完的片段入手，但是却无法把它们串起来。我最擅长的是片断化写作，可是，有谁会愿意读这些片断呢？

我的修改很凌乱。我洋洋洒洒地写下自己的想法，再把草稿打印出来，然后简直就是用其他颜色的笔又重写了一遍。

我最开始修改得挺齐整。我从片段入手，将它们串在一起，但是后来我就改得很凌乱了，把串在一起的内容又拆解得七零八落。

人们老说自言自语是发疯了的表现，可别相信这种说法。毕竟，写作不就是当着想象中的读者的面，读给自己听的过程吗？

怎样重新阅读自己的作品

在修改的过程中，你会从草稿里发现新的东西，发现需要改动的地方。我曾在另一本书里提到，修改是乐观者的工作。我说的这种乐观可能体现在许多地方。有时我们很难说清楚写作和修改之间的分界线。比如，你写了第一句，两分钟后你改动了其中的一个词。那么这算是修改，还是只是写作呢？再比如，你写完了整整一章，停下来吃了个午饭，之后又回来看你刚刚完成的那部分，听一听还有哪些可能还不够好的地方。这算是修改呢，还是只是一种很好的写作技巧？

我们再来看看你的写作过程。你写完了一章，然后放下了一个月。现在你以陌生人的眼光重新去读它，想看看其中有没有很棒的想法。但是经过满满三页的老生常谈之后，直到第四页，你才看到自己想看到的内容。于是你删掉了前面不必要的铺垫，这一章一下子就像充了电似的，能让你手不释卷地一口气读到尾。这又算是修改，还是只是一个很好的写作技巧呢？

你刚刚读过的内容给出了两种不同的修改方式：一种是持续性修改，另一种是阶段性修改。这二者的不同在于你对时间的规划和你的写作意图。你是在同一天进行写作和修改，就像壁画家那样在灰泥未干之前就要画完，还是会在一段时间后再从新的视角来看待你完成的那几页？无论是边写边改，还是写后才改，无论是无意识地修改，还是有意识地修改，修改都是一直在进行的，是你着手发起的，也是你继续要做下去的。修改也是写作。

你已经完成的工作和你将要进行的工作是一个连续体。修改，并不是要把糟糕的东西变得可以接受。为什么要浪费时间修改那些你觉得一无是处的草稿呢？不是那样的，你要修改的是好的草稿，或者是有可取之处的草稿，就是经纪人口中说的那种"有潜力"的东西。①永远不要从你讨厌的草稿开始，永远不要从不值得你尊重的草稿开始，那种工作是

————————

① 玛吉·史密斯（Maggie Smith）的诗《好骨架》（*Good Bones*）中用了房地产经纪人这个比喻（"这个地方会很美"）来映射我们是如何向孩子们描述我们将留给他们的世界的。写本书时，我常常想起史密斯的这首诗。

不值得去付出努力的。你需要能量满满的投入，这就需要你相信自己的草稿中有好的东西，也许是暂时被埋没了，也许是还不够完整或不够清晰，但这种好的东西一定是在草稿中就有的。

畅销书作家丹尼尔·卡内曼（Daniel Kahneman）出版的《思考，快与慢》（*Thinking, Fast and Slow*）一书，聚焦了我们在日常生活中遇到的一系列问题。卡内曼先生是一位知名的经济学家，但他同时也是一位心理学家。这本书主要探究了两种思维方式：快速的、建立在情感和直觉上的思维方式，以及仔细的、建立在证据和判断上的思维方式。《思考，快与慢》用平实的语言对直觉和决策进行了解释，其内容得到了广泛的阅读和讨论。卡内曼的关注点与修改无关，但是修改文章时的思维活动，和他描述的过程及步骤有不少相通之处。

把"快与慢"这样的思路套用到修改工作上，意味着什么呢？用这样的措辞去思考写作，能够帮助我们更清楚地看到自己的写作方式以及其后进行修改的方法吗？这样的思路能帮助我们看到自己在写下重要东西时的想法和信念，看到我们对发现、分析和纠错的投入程度。它还能让我们看到自己在写作中当局者迷的地方。我们很容易看不出自己用文字写出来的东西到底是什么，看不出自己的论点还不能成为论点，或者看不出自己整合起来的材料与读者能够接受的距离还差那么一两步。

慢修改可以指本书鼓励你去做的所有这些辛苦的、反思性的工作。给自己足够的时间去加工材料，让想法慢慢成熟。很可能你修改出来的东西和你想要的样子不同。坚持下去，但要给自己留出时间去吃饭、去睡觉、去做额外的调研（如果你发现这是必需的）。写作并不是机械性的，你当然也不是机器。

快修改可以指快速地修改，当然，这充其量是退而求其次的做法。但是快修改也可以指快速地通读你的草稿，不要更正，不要下笔，不要停顿，只是看看你能否感知到整体的样貌和语气，能否找到被清晰呈现出来的论点。

你也可以请一位慷慨的朋友或同事，来帮助你用这种"快修改"的方式检验你的草稿。

带上你的草稿，估算一下需要多长时间能用常速读完，然后把时长减半。之后把它交给你那位慷慨的朋友或同事。

"戴维（David），你能在×分钟之内替我读一下这个吗？然后跟我说说它讲了些什么。"

你请戴维快速通读你的文稿，当然，这并不是你希望中的读者研读你作品的速度，但是实际上你辛辛苦苦写好的文章能被读者吸收的内容，也和这样读时能被吸收的差不多。

听听戴维怎么说，用欣赏的态度把他的话记下来。等你再回头看你的草稿时，把你这位慷慨的读者对它的想法和你本来要写的想法做个比较。

当然，还有别的求助于其他读者的方式。向具有专业知识的专家请教，是我们最熟悉的能得到安全把关的策略之一。比如，玛丽亚（Maria）是你所处的学科领域内的领军人物，同时她也是你的一位同事，乐意给你看看一章或者更多的内容。玛丽亚会读得慢一些，用她觉得舒适的速度，这样可以给你做一些更正，并提出一些问题。同样，请用欣赏的态度记下来。玛丽亚的反馈会和出版社审稿编辑的审稿意见更相近一些，审稿编辑会慢慢阅读你的文章，找问题，找优点，然后找出更多的新问题。

我们中的许多人很幸运地能在写作生涯中找到"大卫"和"玛丽亚"。我们可以自己修改，也可以在他人的帮助下修改。我们常常需要再次开始，来进行另一轮的修改。即使那些等待专家评论的作者期待能得到最正面的反馈，他们也依然需要做好准备，进行必要的修改。审稿编辑的意见经常会把作者打回到修改阶段。这听起来有点像你被打回到了原点，但其实不是的。这不是失败的意思，一点都不是。为什么呢？因为如果你没有做之前的修改工作，没有想着去把好的文稿变得更好，你就不会得到读者的反馈，也不会得到他们给你的机会。审稿编辑的审稿意见能帮助你把作品变得越来越好。

为了回应他人的评论而修改，以及根据自己的感觉而修改，我们把这二者人为地进行区分，只是为了更清晰地表示出从写作到修改再到定稿的过程。在实践中，任何一位作者的修改都是连续进行的，前后无缝对接。我们在斟酌选词时，会让鼠标光标回退选中要删除的词，随即在键盘上输入另一个词来。这就是写作，我们在写作时进行的那些改动看起来似乎微不足道，但是它们就是作者所做的事情的核心。

找一个安静的，能不受打扰地工作至少一个小时的地方，找一把能舒舒服服坐下的椅子，调好灯光，想好要写的东西，准备好写作需要的东西。

启动设备，打开文件。如果你能打印草稿，把打印稿放在旁边准备好。什么时候修改最合适呢？就是你觉得草稿写完了但还没有最后定型的时候。如果你感觉草稿的每个部分都已经被精心打磨过，那么修改的工作是很难的。你会找到一个最佳的节点，让你觉得此时进行修改最为可行，在那个节点所做的修改会最有效果。阅读草稿的方式很多。如果从第一页开始读，那就是你想象中的读者会开始阅读的地方。慢慢地读，大声地读，仔细地听，不仅要听你的文字在说些什么，还要听它们是如何说的。

但是，从头开始直接往后读，并不是重新阅读的唯一方法，这种方法有可能无法让你最有效地理解自己写了些什么。如果你的文稿够短，长度不足一章，你可以采用"三明治阅读法"。即先读开头，再读结尾，然后回头读中间的部分。"三明治阅读法"可以让你特别关注开头和结尾的行文，即文章的基调和结论。这也是读者会最先和最后读到的地方。引人入胜的开篇和令人信服的结尾，这两处值得格外注意。不过，也要当心，这种"三明治阅读法"是适用于简短文章的利器，但对于较长的草稿就不那么好用了。

你的文稿的结构越复杂，你面临的重新阅读的选择就越多，你也就越有理由把它分解为读者易吸收的单元。采用小标题能够使读者更容易地跟上你的思路，而且小标题还能提供让读者喘息的空间。用小标题吧。对读者来说，把你的文稿从头读到尾就像进行一场长距离游泳，你可不想让读者中途放弃（或者溺水）。

小标题有警示、描述、巩固、提醒的作用，有时还可以被有意设计得让读者猝不及防。无论出于什么原因，你通过小标题给读者列出了"标志牌"：此处有转弯，请准备好看到新的内容。

小标题如果用得清晰明了，不仅可以为读者标明停顿和转向的地方，还能在增加阅读的自主性方面使读者受益。小标题和所有的标志系统一样，是宣告某些东西的。那么，你的小标题都宣告了些什么东西呢？

如果你用小标题划分了很清晰的边界，那么一个小标题之后的内容可以被看作是一篇小型的文章或者书中的一章。当你在页面上看到这样的结构时，你就会把原本放到整个草稿上的注意力集中到某一章的次一级的内容上来。

本书中就有若干小标题，它们把本来很长的内容切分为较短的部分，使读者更容易从每个章节的要点中受益。如果小标题用得好，你就能够在行文的整体结构中创建出次一级的内容，或者说创建出更小型的文章来。

小标题在结构上对于修改文本也有用处。它们可以让你在重新阅读草稿时很容易地做到"蛙跳式"阅读，即从草稿的开头跳到第一个小标题后面的起始部分，再跳到下一个小标题后面的部分，以此类推，直到结尾。这种阅读方式不能替代从头开始的逐页慢读和细读，但是能对其进行补充。

"蛙跳式"阅读能够快速地、提纲挈领地查看文稿的整体状况。这是一种鸟瞰的方式，虽然离得不够近，不能解决细节问题，但是这个距离足以让你看到醒目的地标。

或者，你重新阅读时也可以从结尾开始。擅长修改的人凭直觉都知道这一点：文本的结尾如果不是比开头更重要的话，那也至少跟开头一样重要。如果这一点对整个文稿来讲是成立的，那么它对每个部分的每个段落也成立，可能对每个句子也是成立的。你在从后往前读的时候，要留心查看每个单元和前一个单元之间过渡的部分，把每两个单元之间的联系整理平顺。

那么，可不可以有突然的转折呢？当然可以。但是你可能想在确实需要达到惊人的转折效果时，才动用令人惊讶的转折手段。当今的读者在内容不够连贯时，不大可能会大声抱怨"这里讲不通啊！"，但是他们还是能注意到某处衔接的缺失。可能是因为作者思路断了，或者是因为他不舍得从草稿里删掉一个写得漂亮的段落。一篇文章里的衔接和连接手段并不能保证文章足够连贯、易于被读者理解，但是假如你缺失了读者所期望的衔接和连接手段，那么你的作品一定会使读者感到困惑。

最严格的重新阅读的方法，可能是从后往前一句一句地检查，把注意力集中在逻辑和句子之间的流畅上。警告：这种方式格外严苛，最好只用来修改短篇文本。

此外，还有其他的重新阅读的技巧。你曾在写作过程中给自己写过便条吗？比如"这点很棒！""放在这里合适吗？""查一下参考书目"，这些都是可行而且具体的便条内容，可以引起你阅读时的注意。请你继续往下读，翻过草稿的每一页，留心每一页的内容和目的。那些便条内容合在一起，就是对你正在进行的工作的总结。在教学中，这是能用到学生身上的很有用的技巧，在专业水平的写作中，也是如此。把这些逐页的便条内容组织起来，你就能得到你这份草稿的反向框架。

你可能已经知道什么是反向框架，并且还写过它。它并不是你写作前构建的框架，而是从你已经写好的内容中生成的框架，是对草稿内容进行的一系列总结和陈述。第一段是讲这个的，第二段是讲那个的，以此类推，直到最后。这些方法都可以更清晰地告诉你（也许你头一次能这么清晰地知道），你都写过什么内容。

以上简要总结了一些重新阅读草稿的方法。但是，所有这些方法的前提是：你知道你在写什么，为什么写，你思考过如何继续推进，也处理过中肯的批评建议，并且你有信心，自己的草稿是沿着正确的方向前进的。我们在对篇幅长，或内容复杂，或既长又复杂的文章进行思考时，可以有很多的切入点。你可以聚焦它的主题、体量、范围、时间跨度、理论或方法模型、布局、样式，或者目标读者。这些不仅是你写作时的要素，也是你对自己的草稿进行审视的切入点。比如从时间顺序入手，从文章的主题入手，从理论入手，你也可以从着力描述一对彼此竞争的方法来入手。要记住，你的读者会认为是你选择了对主题进行展开的方法，正如你最初选择了这个主题一样。那么，什么样的选择能够让读者很清晰地看到你想传达的内容？怎样的选择是最好的？为什么那样最好呢？

准备修改意味着你将要面对的是于你（作者）而言很重要的东西。对上述问题的答案不能是"所有的"，不要把"所有"当作目标（所谓所有，往往代表着"我也不是很清楚"）。你的目标应该是你能够说清楚的具体的东西。你创作了一篇叙事性的文章来陈述观点，这个观点不仅是信息和论点，它还是工具。

因此，当作者问出一些比较大的问题的时候，重新阅读进行得最容易。这段想要说什么？为什么那段要放在那里？这里看起来跑题了，是不是呢？为什么又举了一个例子？作者的这些问题，也是读者会问的问题。

那么，现在是最难的部分。只有你了解自己写作的过程、理念、目标，甚至盲点的时候，开始进行修改才会真的有用。

要提醒自己，你的兴趣点在哪里，你想探索什么、澄清什么，你的想法的根源何在，你为什么要写这个东西。提醒自己，你的写作是沿着哪条路进行的，为什么。道路总是需要地图的，你的写作地图会告诉你，你已经拥有了什么，你还需要什么。我稍后会讲到写作地图，但是先来看看作者可用的档案以及几种用来分析你的"库存"的方法。

信息档案和想法档案

你知道档案是什么意思，就是庞杂又有条理的记录储存库，其中包括缺漏、片断零散以及很多很多的问题。你在做研究和做笔记的时候，其实就是在组装一个档案。你建立的是你自己的"信息档案"。在定量分析的社会科学中，信息档案首要考虑的是以很多不同形式排列的、来自很多不同来源的数据。在人文学科和叙事分析的社会科学中，信息档案会储存很多种类的信息，但是最优先考虑的通常是那些能够付诸文字的信息，这些信息往往也就是文字：比如其他人说过的话，这些话可能囊括了语言所有的复杂性。

同时你也在生成另一个无形的档案：你自己的想象力。它包括你所有的想法、理论、灵感以及怀疑。这是你的"想法档案"。想法档案指的是"作为作者的你"对与"作为研究者的你"所建立的信息档案的所有想法。

当然，这两个档案是相互联系的。作为作者，你在推进自己的写作的过程中，二者都会用到。

无论使用哪个档案，你都需要有原则。不管你的发现和顿悟多么有趣，并不是你进行的每一个研究都值得你进一步关注。同时，也不是你想到的每一点都值得花费时间。没有人说过写作就是直线构成的世界，你可能还被告诫过，写作往往更多是绕着圈或转着弯进行的。但是你希望从你那绕着圈或拐着弯的并非直线进行的草稿中，能创造出某种形状，使读者能够理解并紧紧跟随。这并不是说要像熨衣服一样去把你的文字熨平，而是说你需要控制自己想法的朝向以及你展示想法的形式。

档案是需要被研究、组织和"驯服"的。若你把自己写作的文章看成是这两种档案（即信息档案和想法档案）产生的结果，你就会看到不同的材料与观念的相对价值。

那么，你的档案中哪些东西是有用的呢？一个想法要多

大才是合适的呢？我们很容易想到你应该先有一个比较大
的想法。诚然，大的想法会很有用。但是一本书并不一定
需要借助于一个大的想法才能成型。也有可能你是先有了许
许多多小的想法，将它们汇聚起来后，才发现你有了可以开
始写的大的主题。我们在本书里讨论的很多写作都是这样进
行的。

一个小的想法催生一个段落，另一个小的想法又催生
另一个段落。随着想法的建立，段落也建立起来了。若干段
落组合在一起，就能生成一张思维的网络。这样组织起来的
想法随后会发展成书本的一章、几章乃至整本书。等草稿
写完，有时甚至还没到写完的时候，你就会找到理想的方
式，能够去总结你所写下的内容。但至少在你完成整个初
稿之前，你不大可能会找到对自己写作的内容进行描述的最
好方法。

你的档案的容量越大，你就越需要更多的原则去浏览、
选择和按照优先级排列其中的内容。这就像声音越多，你就
越难听到重要的信息一样。档案庞杂拥挤，你要从中努力寻
找最小单位的真正重要的东西，那可能是关键性的文件，可
能是某个理论的最简单的公式化表述，也可能是最简洁也最
得体的问题。将它们放到你随时都能记起的地方，比如桌面

上，办公桌上随时可见的便笺上，（贴到）冰箱上，你甚至可以在电子文件里给它们标上小小的标题。让它们成为提醒你的标志，告诉你在展开想法的过程中哪些对你而言是重要的。

信息档案和你手稿中呈现的信息总是不一样的，也不应该一样。你不是简单地把所有内容都写下来，像写作业那样，相反，对于信息档案里的材料，你要进行选择、证明、质疑、发展、组织，甚至与其进行争辩。

要记住你进行档案搜索时所遵循的原则，因为它们会成为你写作结构的基础。你要通读所有内容，但是只引用你需要的部分。这个原则也适用于组织你自己的想法。要进行选择，只选用你手头的写作项目（以及修改）中需要的那些部分。当然，最好的书籍要建构在大量信息之上，所需要的信息要多于作者向读者分享的信息。相比而言，不那么明显的是，最好的书籍也要建构在大量的对书中主题的思考之上，所需要的思考也多于作者向读者分享的思考。

这就是进行学术研究与学术写作的技巧：有且仅有应该有的一切，即全面性和选择性。因为这点对写作而言是正确的，它对于修改更是如此。

现在试试吧。重新读一下你写好的前5页内容，这里是你给自己定位的地方，有你要探讨的问题，也是你想象中的读者所在的地方。是的，你并不只是列出了论点，划出了写作范围，你也在逐句地塑造你的读者，同时也在塑造某一个版本的自己。

写作中有一个公开的"秘密"：你写下的前5页内容要比官方档案盒或相应的电子库里那些海量的档案重要多了。总有别的人可以打开那些盒子，或是花上数月的时间去上网阅读那成百上千的电子文档。那些信息档案一直都会在那里。但是你可不是随时都在的，而且你的想法是你自己的，只属于你一个人。最开始的那5页内容是你建构一切的基石，包括你头脑中的目标读者。

修改是"扫烟囱"

弗洛伊德的同事约瑟夫·布洛伊尔（Josef Breuer）曾治疗过一位维也纳的病人伯莎·帕彭海姆（Bertha Pappenheim），这位病人后来以化名安娜·O.（Anna O.）为人所知。布洛伊尔在1895年第一次根据对帕彭海姆的治疗写下了著名的心理分析的案例研究。但是，这个案例中最为后人念念不忘的字眼却来自生病的帕彭海姆，她把布洛伊尔治疗的步骤叫作"谈话疗法"。这个术语由此成为文化的一部分。

可是帕彭海姆口中的另一个比拟性的措辞却鲜为人知，

她也曾把心理分析的过程称为"扫烟囱"。①现在，把你的草稿想象成病人，修改的过程就是在为其进行治疗。对的，这个过程包括扫除"灰烬"。

这种扫除性的"治疗"并不容易。你在冲动之下抓起一支红笔，把草稿翻开到第一页，放在书桌这个"解剖"台上，准备对其"开刀"，这是可以理解的。但是，请先住手，在没有通读到最后5页内容之前，或者对整个文本的理解还没有成竹在胸之前，想都不要想修改你的前5页内容。如果你有1个月或者更久的时间都没有重新阅读你的文稿了，那么你需要重新再读一遍，充分地、缓慢地浏览一遍，然后再回到最前面的那5页内容去。

这一点在修改文章时是很显然的常识，不过，在修改图书的手稿时也同样如此。这就意味着，在你坐下来修改第三章之前，你需要阅读很多东西。重新阅读是为有效的修改所做的至关重要的准备工作。如果你想把第三章与它的"兄弟"章节联系起来，那就需要在脑海中尽可能多地记得书里

---

① 布洛伊尔记录说帕彭海姆讲到这里时的语气很"幽默"。在这里可不要联想到音乐剧《欢乐满人间》（*Mary Poppins*）里面的迪克·范·戴克(Dick Van Dyke，剧中由迪克饰演的角色带领伦敦屋顶上的烟囱清洁工一起边唱边跳）。

的内容。①

在重新阅读你的作品时，你还要做笔记，大量的笔记。现在，请先放下"手术刀"，也放下"扫灰的扫帚"，想一想你作品的内容和观点，也要想一想你写作的目标是什么。学者是善于分析的，请努力对自己的写作进行分析。

什么样的准则能达到最好的修改效果？政治哲学家约翰·罗尔斯（John Rawls）曾提出了一个著名的思想实验，在这个实验中，关于正义的决定只有在"无知的面纱"背后，才能够做得出。你要在不知道自己的角色的情况下，才能决定某事是正义还是非正义的。也就是说，无论你有怎样的特权或地位，你要在没有将它们内化（即不知道它们是什么）的情况下来判断某事是否正义。因此，决定一个行为是否公正，并不能取决于你自己的经验或个人信仰体系。你要在不知道"无知的面纱"之后的"你"是谁的情况下来做出判断，这个"你"性别未知、年龄不详，不知是否有子女，也不知是否有稳定的婚姻关系，不知国籍和肤色，没有任何能够标志"你"的身份的东西。罗尔斯的思想实验找到了

————————

① 这个标准不合理吗？并非如此。文字编辑需要做的就是这项工作：尽可能多地记住文本的内容，以便能找到重复的观点或措辞。

"无知"的积极价值，并促使我们去运用它。

把修改像书本手稿那么厚的草稿比作罗尔斯的正义理论和"无知的面纱"，可能我在这里的跳跃有些大。但是如果你能沉浸在我们这个小小的思想实验中，你就会想用旁人的眼光来判断自己的草稿，就好像它不是你写的，而是某位你不认识的知识渊博且兢兢业业的作家写的。好的修改不仅要解决"是什么"的问题，还要解决"为什么"的问题。这就需要以"陌生"的眼光来审视草稿。一方面，你需要对自己草稿的内容了然于胸；另一方面，你需要把它看作是某某作家正在写的东西，而这位作家就是强大的"写作面纱"之后的一位未知的笔者。

因此，客观的态度很重要。但是这并不意味着作为作者的你需要消失，而是你希望在写作和修改中，你的存在（无论存在感有多么明显）不会使自己的论点受损。即使你的文稿带有强烈的个人经验和个人立场，你也要努力给出最佳的、最有说服力的论点，让它最适合你的读者群体。但是要格外注意"无知的面纱"，做好立论，讲好故事。好的"面纱"是格外有用的写作配置。

以上我们详细探讨了对你已有的东西进行修改的过程，从而使这两个重要且相互合作的档案浮出水面——你的研究材料以及你对这些材料的想法。现在让我们来想一想如何组织你已经起草好的文稿。

当我们对写作的过程进行思考时，有些工具格外有用。在这里我们讲3个：清单、关键词和地图。请把它们想成3个互有交集的方法，这些方法能够告诉你，你能做些什么。

清单

你在对自己的想法和研究材料进行组织时，就已经是在列某种形式的清单了。清单就是列出来的一些东西。几乎每本非虚构类图书都有至少一个清单被作为目录，通常还会有另一个清单，就是按照字母顺序排列的索引。在图书中，索引的排列顺序和每个条目的分量及重要性无关。在按字母顺序进行排列的清单中，"苹果酱（apple sauce）"并没有"亚里士多德（Aristotle）"重要，但前者是要排在后者前面的。图书中的索引只是简单的查找工具。[①]

目录一般在图书的前部，它是一个细致的清单，为读者

---

① 或者也许没有那么简单。创建索引词条需要提炼具有阅读价值的条目。复杂的索引会把条目进行进一步的分解，并为分解出来的次级条目标注页码。关于索引的复杂作用，参见丹尼斯·邓肯（Dennis Duncan）和亚当·史密斯（Adam Smyth）的《书的部分》（*Book Parts*）。

提供了阅读的次序，暗示了阅读的路径。在早期的图书中，目录（通常被称作"列表"）可能会出现在图书的最后而非前部，这更强调了索引和我们现在所知的目录是同源相关的。

现在让我们来具体看看你要修改的草稿，看看清单能起什么样的作用。与已出版的图书中的目录及索引不同，写作过程中的清单只是一个简单的提醒，是"记得要做或至少别忘了做某事"的列表。草稿的清单可以简单得就像随手的记录，包含一些写作的构成部分、主题，或仅仅是你想确保自己会写进去的东西。

只是用3种记号笔对不同大小的主题进行标记，就能提醒写作者记得写作项目要涉及的范围。写作者往往会在某个时候问自己："我当时写这个到底是什么意思呢？"一个简简单单的清单就可以提醒你，当时你脑子里在想些什么以及你想记住什么。一个写作项目越复杂，写作者就越容易迷失在自己已经写下的文字中。

刚才提到的只是写作清单的一种形式，你可能喜欢有序的序列，就像传统的梗概那样；或者是人名或事件的列表，又或者是把不想忘掉的内容组合到一起（在英语中，备忘录这个词来自拉丁语"memoranda"，意思是"要记住的东西"，提醒你把这些东西写下来）。无论你用怎样的方式，你的写作清单中都应列出需要的部分以及重点，以便你在建构和重新建构自己的文本时能找到它们。

我们来看一个故意写得很凌乱的例子。作者要起草一篇文章，这篇文章可能会发展成为一本书中的一章，那是一本与气味的历史相关的书。这位作者精心地列出了细节的清单以及进一步研究所需的材料。这篇文章的主题是甘草的味道。作者在记下的清单中简要地列出了一些可能要考虑进去的要点：

甘草的特点——根部很重要。

庞蒂弗拉克特（Pontefract）——"断桥"之城——甘草的故乡？谁知道这一点？

庞弗雷特（Pomfret）（庞蒂弗拉克特）城堡的早期历史。

与理查二世之死有关吗——1400年？

甘草和糖的组合追溯到18世纪中叶——庞蒂弗拉克特蛋糕。

登喜路（dunhill，英国男士奢侈品牌）。

这种味道为什么吸引人？

对内分泌系统的作用——这篇文章中有多少医学内容？

普鲁斯特效应[1]。

关注药品滥用。

甘草味与类似的味道，比如大茴香的味道的区别。

最终步骤中的氯化铵的作用[2]。

斯堪的纳维亚甘草（Scandinavian liquorice）——异国情调的咸中带甜。

显然，这不是文章的结构，更不是梗概。它仅仅是一些笔记，更像是购物清单或者作者想去思考的一些感兴趣的点。等作者开始写文章时，这里的有些点会得到进一步发展，而有些点则会被舍弃。作者可能会对某些方面有兴趣和感到好奇，现在就需要继续琢磨它们，检验它们在正在构建的文章中的价值。还在这个阶段的时候，上述例子中的作者是没有一个中心问题的，更没有一个与甘草相关的主题。那

---

① 普鲁斯特效应是指只要闻到曾经闻过的味道，就会开启曾经闻时的记忆。——译者注

② 氯化铵甘草合剂是用于止咳祛痰的内服制剂。——译者注

些是后面才会被定下来的。

当然，如果你要写的是一篇专业水准的文章，或是一整本书的手稿，那么你要解决的问题要比约克郡（York shire）的甘草是如何生长的更为重要。你需要对列清单的原则做以改动，以便清单能帮助你辨认出你的"备忘录"，即那些你必须记得的东西——即使只是为了决定哪些是你不需要在写作中涉及的。要把该记录的东西写下来，这样它们才不会掉出你的书桌或脑海之外。

一张不正式的清单看起来可能更像是一系列主题或关注点，而不像成书后的索引。以下是一张主题清单，作者是我们在第二章里虚构的那位李博士，他的写作内容与密歇根州弗林特市的人在不洁的水源下抚养孩子产生的后果相关。

2000年之前的儿童发病率

2014—2015年的儿童发病率

铅中毒

人群和州内资源分配

环保局干预失败

弗林特河成为工业垃圾倾倒场

弗林特市的儿童健康倡议

关注社会行动的人们

像上例中这样分散排列的主题，并不能说带有某种结构，但是你可以更容易地看到文章可能的走向。这里列出了写作者觉得重要的东西，在写作和修改的过程中，他可以进行增删，也可以进一步改写它们。虽然清单本身不成结构，但从中可以看出结构。看出这是一系列要关注的问题，其中是有观点的。

清单也可以采用更直接的形式，勾勒出你想在文稿中达成的一系列目标。比如，有人准备好了一份有关科学史的手稿，要讲述一个新故事。这一次，作者要写一篇文章，有关一位被忽略了的实验室科学家瓦尔迪维亚·布莱克韦尔（Valdivia Blackwell）（抱歉，他也是虚构的）的生平和职业生涯。作者为这篇文章写了如下的目标清单：

写出瓦尔迪维亚·布莱克韦尔是植物遗传学中的重要人物。

将布莱克韦尔的职业生涯放置在这一传统背景里：女性研究者的贡献被归入（男性）团队领导者的成就之中。

整理证据，将布莱克韦尔与抗腐烂蔓越莓的发展联系起来。

讲出她的故事！

那么，如果你已经明确了写作的材料、任务、论点和目标，你现在就可以利用清单来提醒自己，在就某个主题进行写作的过程中，哪些东西对你这位作者而言最重要。去讲述故事吧。在修改时，要始终头脑清醒，记得你的动机是什么以及你想如何将某种形式的新知识和有关你的动机的想法分享出去。简言之，无论你要写的是什么，不要忘记你为什么要写它。

关键词

清单练习是为了让你找到写作中的重点和主题，并将它们大声讲出来。清单中的东西无论大小，只要它们在你的脑子里，你就需要以某种方式和它们交锋。有些是你得放弃的：或者是因为你无法将其写出来，或者是因为虽然写出来了，但是你看到它们与你正在写的文章并不兼容。有些会留下，而留下的那些内容则会变得更加重要。

我们对另一种回顾正在进行的写作的方法，不像对列清单那么熟悉，这种方法就是确定我们所说的关键词。"关键词"这个术语在学术界已经很为人熟知了，但也并非总是如此。1976年，威尔士社会评论家雷蒙·威廉斯（Raymond Williams）出版了《关键词》（*Keywords*），这是一本概念性的词典，他在其中考察了100多个术语的文化意义及意味。威廉斯的书成为其他学者效仿的模板，他们也以这种形式来确定和解释在自己学科中活跃着的术语。[①]

你可以用关键词的概念来辅助修改。假设你在写"逃避行为"，在你的笔记中，"沮丧"是一个关键词，你在第一章中有力地证明了这个词在你思考过程中的重要性。第二章的焦点可能是"误导"，第三章最频繁使用的术语是"否定"和"自尊"。这些看起来都是关键词。那么，你是让它们在不同的章节中都出现更好，还是把不同的概念放在特定的章节中更好？请用上科技手段，对你的文档进行简单的关键词搜索，查找这些词，你就能够精确地看到某个词出现的位置，也就能够有机会去修改它出现的频率以及它在上下文中的位置。

不过，首先你需要清楚地知道哪些词在你的写作中是关

---

① 纽约大学出版社出版的关键词系列以及芝加哥大学出版社出版的关键术语系列，收录了一系列按学科分类的文章。

键词。把备选项列出来，进行查找。看看这些有分量的词是
在你想让它们出现的地方出现的吗？你对它们的描述和你希
望进行的描述一致吗？你的读者能看出来这些词是理解你的
研究的关键吗？

关键词搜索的结果只不过就像你组合起来的一串术语，
但是它却能让你有机会看到你是如何在写作中分布各个要素
的。当然，并没有规定说一篇文章中的关键词必须出现得很
有规律，就像有钟表给定时似的，那样会显得机械和死板。
但如果你计划只在文章的某一部分讨论某个关键性的术语，
那你需要清楚地知道自己为什么要这样做。

修改时，你要利用这个机会回头看看，看看你想在文本
中贯穿始终的概念和词语都是什么。读者喜欢那些能够唤起
记忆和联系上下文的线索。

请看另一个例子，此处是作者对其写作项目的一个概述：

> 本文有关极地环境危机的历史，并认为全球变暖让
> 我们重新设定对时间的理解和衡量方式。

作者已经围绕着他的几个关键词写出了上面这个紧凑
的总结性描述。这几个关键词分别是"极地"（指南北极这

两个广袤而且迥异的地理区域）、"环境"和"危机"（不幸的是，如今"环境"和"危机"不可分割，都是现代化生活中的大概念的体现），还有"时间"。假如这个句子精确地反映了作者正在写的东西，那么这个紧凑的描述已经给出了后续讨论中的各个要素。这是很好的开端，现在就看作者后续如何进行了。这些术语在文稿中如何分布？它们是贯穿整本书，还是只出现在两章里面（假设全书共有七章）？这些关键词的线索要随着整本书的展开而推进吗？那就是向前看。但是，如果这个简洁的描述是在草稿已经完成后才写的呢？那么作者就可以倒回去再读，梳理草稿，来检查关键词是否真正被用来完成关键性的工作了。

在你自己的草稿中，哪些词是关键词呢？请列出十几个词语，它们就能形成某种关键词图谱（有点像星图），你可以用这个图谱来推进你的修改。如果你喜欢用词云来进行工作，那么可以用文本挖掘①或者其他相关的分析技术，对你想突出强调的术语的出现频率和彼此间的关系进行量化和可视化处理。

---

① 指从非结构化的文本信息中抽取潜在的、用户感兴趣的重要模式或知识的过程。——编者注

关键词能够帮助你在写作的过程中保持内容的能量的流动。我们拿用电来做个比喻，知道关键词在哪里，至少可以告诉你电源插座在哪里。

地图

清单是一些构成要素（材料、想法、重点）的列表，它不一定会出现在成品中，地图也是如此。在这里，地图指的是你目前已经完成的部分内容的一张图样。

地图是空间性的概念，它把文字当作能够占据空间的东西来考虑。文字的确是占据空间的，要么占据屏幕的空间，要么占据纸张的空间。[①]在这个空间里，有各种成分：轶事、人物、历史、事件、理论、思想等。你在写作过程中也在操纵这些成分，将它们沿着你文本的空间向前推进。

你的写作也是一种旅行（还记得我在第二章中用旅行中的阶段来比喻写作）。你的草稿中的某些部分是平坦的、容易穿行而过的一段段文字，那些就是你理解得非常准确的

---

① 文字也占据时间意义上的空间（它是历时的）和头脑中的空间，但是在这里我们讨论的是最直接也是与写作最相关的那个空间，就是文字一个一个排列时所占据的空间。

部分，你能够非常有效地将其与周围的文字连接起来。但是在其他部分，你可能会感觉到"山峦起伏"或者"沟壑丛生"。这种情况下，你不禁会问自己：我是如何从这一头到达那一头的呢？

不管你在写什么，无论你在写第几稿，请给每页编上号码，并且记录下字数，每天写作结束时，更新一下它们。不要担心这可能听起来有点"强迫症"。你要养成习惯，每次和你的笔记本电脑愉快地道晚安时，在每一稿的顶部记录一下当日日期和写过的字数。比如"10月6日，8604字"就是当日日期和写过的字数。你在10月7日可能修改上1—2个段落，字数也会发生变化，那么请更新这份文件的"写过的字数"并标上新的日期。

你的写作是有具体字数要求的，可能是合同中限定的60 000字以内，或者是期刊规定好的6000字到10 000字。因此你的字数统计就很重要了。[①]即使你写作时没有很明确的字数要求，你也需要计数。如果你的草稿有一本书那么厚，那你就需要给每一章的进展都单独做好记录。

---

① 如果你是按特定的要求去写作的，出版商会提供详细的要求：比如你的文稿要包括这些材料，相当于这个水平，要被收录进这一卷或这个系列中，等等。思考修改的过程对你达到这些标准是有帮助的，但是出版商的要求确定了你应满足的最基本的要求。

　　以上是建立地图的一种方式。现在你已经做好准备去审视你的草稿本身了。你这次写作的"边界"是什么？遇到的"危险"会在哪些地方？古代和中世纪的地图会警告水手，航行时不可超出"已知"疆域之外——"这里有龙（或狮子，或怪兽）"。[①]现在的流行文化也要人们接受这个观点。你要知道自己的写作地图上不可涉足的疆域在哪里。有一部分世界是你需要去探索的，但另一部分世界，虽然可能很有趣，却不该成为你当前写作项目的关注点。

　　标签、记号、标题。对草稿进行地图绘制的工作是从起标题才真正开始的。对修改适用的东西对初稿的写作也同样适用。即使还在写作的早期阶段，也试着不要停留在像"有关女子足球的文章"这样宽泛的标题上。有效的标题会一直告诉你，文章的主题是什么以及你该如何去写。"女子足球行业中的报酬不均"和"不要干涉女性的工作"就不一样。这二者可能都是合适的主题，但是它们之间的不同会决定你将如何撰写其后的每个段落。

---

　　① 纽约公共图书馆珍藏着亨特-雷诺克斯地球仪（Hunt-Lenox Globe）。它之所以著名，还有另一个原因，就是上面刻有"HC SVNT DRACONES"，代表着制图者未知的区域。短语"这里有龙"就是出自这里。

现在，我们来继续绘制草稿的地图。这有可能就像在你的文本中标记出自然停顿一样简单。"这里发生了一些事""我在这几段里开始讲另一点""这段是我最喜欢的部分（此时最重要的不是确定这是你最喜欢的，而是你能从草稿中辨识出这个有些独立性的单元来）"。

像这样去做几次，在草稿的文本中有意地划出分界线来，然后再来几遍。这样做第二遍或第三遍时，你会注意到你对划出来的分界线更肯定，但也许有时会更不肯定。成型的部分以及无法成型的部分都开始出现。你会看到反复和迂回的篇章，看到本来属于第四部分的句子跑到了第七部分，等等。当你觉得你划分出来的小单元具有某种意义的时候，就给它们起个名字或加个标签，你可以试探性地俏皮一点——比如"我和福柯（Foucault）争辩的地方"，也可以严肃一些——比如"对圆形监狱的误解"，就像你在尝试一个小标题的涵盖范围大小一样，你在做的就是这样的事情。

无论你在写什么，你的主题都是有边界的。"我在写某时某地某行业某社会经济区的失业研究"，像这样，作者描述和勾勒了所做研究的"疆域"。这个写作项目无意涉及在该时该地该行业该社会经济区之外的材料，除非是为了有支撑或者对照的数据。它的着力点是有限的，同时这个着力点也会因为该限制而得到浓缩和强化。准确地讲，这和避开我们前面提到的龙没有关系，但是清晰地说出你不去涉及的东西，会帮助你更清楚地看到自己要做的是什么。

等你完成文稿草稿的地图后，把它大声地读出来，努力去听那些转折的地方、改变的重点、新的兴趣点以及新出现的关注点。把所有这些转折和变化都记成自己能看懂的笔记。转折不是坏事，甚至很可能会起关键性的作用，就像在拍摄电影时，导演如果想要一个不同的角度，就会提示二号机位接过一号机位一样。

每当注意到有转折时，你就停下来。看看你新创建的这个角度是什么，看看这个角度出现在哪一部分，给这部分添加标签。后面你可能会放弃或者修改这部分，不过，一旦你给一段文字命了名，你就可以把这一段文字当作带有其使命和作用的构成部分来考虑了。

这种"过程标签"（是的，这个词听起来就像是工艺品博览会的用语）是最简单也最基本的修改工具，因为它太简单，所以我们有时会不把它当回事。随着你继续琢磨文字，推敲每个构成部分的去向，有些过程标签可能只会存在很短的时间。而那些能一直留存到最后一版的过程标签，可能就是你的读者最终能看到的小标题。

　　要认真对待这种贴标签的方法。过程标签不仅标明了内容，还会加强你对自己的文本的理解。比方说，你在文稿的第17页插入了这个过程标签：

　　　　公众反应

　　这是个很好的开端。辨识出这座文字构成的"小岛"后，你可以通读草稿的其余部分，寻找可以插入下一个过程标签的地方，来为下一部分文字命名。此时，你并不需要担心命了名的文字"小岛"的占地大小。有些过程标签标示的部分可能只有"几亩地"——就几个段落，也可能会长达好几页。如果你插入过程标签的内容有的长达10页，有的却只有2个段落，不用担心，这些后面还会有变化。但是要做好标记，尽量去辨识出这些不同的部分。

　　等你这样完成了整个文本的贴标签工作，给构成草稿的所有部分都命了名，你的地图就绘制好了。此时你处在很重要的发现阶段。现在你的文本看起来是不是不一样了？你心里可能已经有些按捺不住，想重新去写那些不够发达的"小岛"了。要克制住这种冲动，在修改过程中的发现阶段你要做什么呢？你应当"从离地万米的高空来俯瞰下面的土地"，而不是"站在地上去给眼前的谷仓重新刷色"。

第一次这样处理完草稿后，请回过头来再来一遍。这次把注意力集中到构成你那些过程标签的文字上面。尝试给那些过程标签里再多加一些字，看看这样的过程标签（小标题）是否真正描述了它代表的部分。不要过分挑剔，描述就好：

公众反应——瓶装水和食物的价格

记住，除非你给别人看，否则没有人会看你的草稿。所以你可以多写一点，甚至可以退一步进行思考：

公众反应——这点是如何从前面的部分发展来的？
我讨论的是真的"公众"还是持另一方观点的某些官员？

你如果觉得还不合适，那就再来一遍。在处理文本的过程中，你可以调整和移动段落的位置。你可能会发现，一周前觉得很合适的某个标签现在不合适了，可能是位置不对（那就把它挪个地方），或者是表述得很别扭（那就换个措辞），或者根本就没必要（那就删掉它）。修改是流动性的，要关注这个过程。

运用能对你起作用的技巧

不可避免地，你会依赖直觉（这个词又出现了）来使用你觉得当下有用的工具。某一次修改时有用的工具可能在另一次修改中会显得力度过猛或不够有效。当然，你的写作项目越长，你要驾驭的零部件和方法就越多。

来看另一个虚构的例子。一位作者的研究领域是早期美国历史，她正在逐章修改一部有关美国殖民地时期的教育研究的书稿。

在本章中，我解释了我们对美国早期读写能力的概念在理解方面的偏差，给出了通行的主流范式（我对此持批评态度）得以发展的2个原因，确认了3个能够重新构建人口和经济条件的研究方向，从而使人们对读写能力的概念有更加积极的理解。

这位非常有条理的学者已经为自己的这一章列好了清单，她用的形式是列出每部分的目标。她知道自己希望能达成6个目标，并用以上这个短小的段落为自己做了总结。她的特别关注点是我们所不了解的美国历史上的一段，以及我们应该怎么去做。以下是她看到的自己目前已经草拟好的部分：

（1）对错误理解进行陈述

（2）错误理解得到发展的原因之一

（3）错误理解得到发展的原因之二

（4）研究方向之一

（5）研究方向之二

（6）研究方向之三

"但是，我写得对吗？"她质询自己。

这个问题问得好。也许她的思考如下，她甚至可能写了如下文字当便条给自己看：

我是否真的为过去某个已经广为接受的观点给出了公平的解释？我是否拥有足够的学术能力并做了足够的注解去展示我的研究的完整性以及我对早期学者们担负的责任感？我对通行的，但我认为不够完善的范式做出的两点解释，是否有显著性的区别？我的论点涉及美国早期的经济和社会学观点，我是否坚持了严格的学科标准，没有仅仅为了提出自己的论点而抹去存在于零碎证据中的偏差？我对那三个后续的可能研究方向没有那么担心，因为它们的作用就是如此，是为其他研究者提供研究的窗口。再检查一遍，要确保我没有添加让本章内容过于复杂的东西。

我们这位作者决心找出她已经知道了什么以及还有什么是未知的。她可能会得出结论，认为研究方向之二会让她的研究走得过远。她可能会认为这一点落在了她的写作地图之外。这是很有价值的知识。该研究方向可能会是一个完全不同的写作项目的开端，或者至少可以写成一篇独立在当前文稿之外的文章。在她对各章内容的梳理过程中，她所有的这些决定和看法都是有价值的。通过剔除主题的某些方面，至少在当下，她能够认清自己目前要达到的目标，并为文章的另一章，或者另一篇文章或专栏稿打下基础。

如果像她这样一位虚构的作者都能做到这点，那么像你这样的真实作者也一定能做到。

下一步

现在来确定你自己的修改流程。分析你的草稿并计划好后面的步骤。回顾你的档案，思考你的清单、关键词和地图。你可以单独选用这些工具中的某一个，或者把它们一起利用起来，怎样有用就怎样去做。看看它们能在哪里强化你最重要的概念和论点。来回多看几次，检查一下某一个工具告诉了你什么东西，再看看另一个工具告诉你的是与前者一致还是又有别的说法。无论你是在修改某一个单元（一篇文章或者书中的一章）还是在修改合成起来的内容（由多个单元构成的书稿），请把能用的工具都用起来。因为修改时有这么一点：你知道你已经（实实在在地）拥有了什么，才能明白你还缺少什么，或者明白哪些是你虽然有但却不需要的。作者在写作时的技巧和习惯有时也被称作他的"流程"。这里说的流程到底是什么呢？你的流程就是适合你自己的东西。

本章的所有内容都敦促你去进行自我分析，或者至少分析你的流程、意图和草稿。向自己提出一些问题：我能理解得更多，从而讲述得更好吗？我还能把结构写得更紧凑、更清晰吗？我能把材料组织得更好，写得更有说服力、更能打动我的读者吗？你回答自己问的这些问题，就等于回答了目标读者想问的问题。但是不要让自己掉到追求完美形式和完美论点的陷阱里。做得"更好"就足够了。

有个童话（可能有很多这样的童话）里有一种魔法罐，无论主人公从中取多少次东西，它始终是满的。①相信这样

① 世界各地都有这样的魔法罐或者魔法锅。曾经是小孩子的读者可能会记得汤米·狄波拉（Tomiede Paola，美国儿童作家、插画家）笔下的巫婆奶奶和她的魔法面锅——那是这种神器的意大利变体。

的魔法罐吧，只要你怀有希望，它就总会被重新填满。也相信你自己吧：你的点子永远都不会枯竭。

有的时候，头脑中恰到好处的一种痴迷也是一个魔法罐。你不要过于专业，认为自己必须清醒，那样是不行的。真正让你的写作进行下去的是你头脑中燃烧的"火苗"。

我希望你用平实的字眼来想想自己已经拥有了什么。是的，我提到两种档案，即信息档案和想法档案。提到为你的写作列个清单，确保你知道哪些术语或概念尤为重要，以及它们是否表达了你需要它们表达的意思。还有，为你所写的内容绘制一份地图。最后，如果你的写作为某种强大的痴迷所驱动，那么就拥抱这种痴迷吧。请记住，有些很有价值的书采用了奇特的外观，或者传递了很强的非传统的信息，那是因为这就是这些作家们在写作中需要的。我们也需要这些书籍，需要它们的挑战和颠覆，也需要那些承载了它们的思想的外在形式。

我希望我已经说服了你：写作和修改从来都不是只有一种方法可循。作者各不相同，各人的写作项目也不同。但是，只要先停下来进行反思，想想你手头的材料以及你对这些材料可能提出的问题，想想你正在调研的问题以及你正在讲述的关于这些问题的故事，你就把自己放到了正确的位置。现在你真正做好了准备，可以按下修改的开始键了。也就是说，你已经做好准备让"好"变得"更好"。

古希腊人曾告诫说要 "了解你自己"。了解自己固然是很沉重的任务，但是至少你要了解自己的手稿。写作这东西看起来是在平面的纸页之上，但它其实是多维度的。因此，我们现在可以回到那3个以A开头的关键词了。[①]无论你是在写作还是在修改，想象着把你要做的工作放到一个三维空间内，3个坐标轴分别代表论点、结构和读者。修改的时候请记住这3个坐标轴。请尽你所能，让它们成为你要努力去完成的每一章、每一段，甚至每一句的目标。

现在我们先来看看第一个目标，这也是多数学术作者心目中最主要的目标：去证明某个东西。

---

① 指前文出现的"论点"（Argument）、"结构"（Architecture）和"读者"（Audience）。——译者注

第四章　寻找论点

"等等，论点我当然是有的了！这还需要寻找吗？"

虽然本书鼓励你把自己的写作当作叙事分析的行为来思考，但是我们绕不开这样一个事实：读到这些叙事分析的人们想知道，作者这样做会不会损失了别的东西。论点很重要，因为它给作者定了位，明确了作者在希望读者认真对待的某个问题上的立场，还因为它能邀请读者也参与到该问题的解决中来。一篇文章的论点也许没有一本论著的论点那么明晰，但也有可能，有的文章是辩论性的，而有的论著却充满了针脚细密的细节，这些都是可能的。但是论点的区别往往在于程度的不同，而并非类别的不同。任何叙事分析作品的论点都应当始终吸引着读者。你希望你的读者从阅读中能看到这一切：论点、事例以及你能写出来的动人的表述，但是，其中最基本也是最重要的，还是论点。

如果你重新阅读了你的草稿之后，想不起来最开始你脑子里想的到底是什么（最初好像一切还都很清楚），那你就有可能了解读者的感觉了。这么多想法！这么多信息！这么多脚注！诚然，你的读者可能会因为这样那样的缘故跳过他们觉得没意思的部分。很多的因素都是你无法控制的（比如读者的家务事、工作的截止日期、精力水平等）。但是，我们可以在你能够控制的那些事情上下功夫。

很多草稿都包含很精彩的部分，但很多草稿都没有有效地将这些精彩的部分展示出来。有的草稿很无趣；有的草稿的布局不够合理；有的草稿不知道是写给谁看的；有的草稿分不清哪些部分是对他人观点的如实总结，哪些部分是作者自己的原创见解；有的草稿的作者以为写得天花乱坠就会令读者惊叹，或者以为写得篇幅越长就越有权威。

读者希望知道你的观点是什么。他们不是被动的接受者，他们有权知道你为什么要写下那么多字，占用他们那么多时间。他们想知道的这个原因，用一个方便的术语来说，就是"论点"。

如果你在修改阶段，你就应该知道自己的论点是什么。如果还有一些疑惑萦绕在你的心头，那么请仔细阅读本章，本章要解决的重点正是何为论点，以及论点是如何起作用的。在修改阶段，本章的内容应该是用来复习的，而不是令你惊讶的新发现。不过，如果你正在开始一个全新的项目，那么这些内容会帮助你聚焦到论点上来。

论点并不一定意味着争斗。它不像搏击时的一击或一拳，而是你必须讲述的东西。那么，你写的是关于什么的呢？任何一位作者都认得出这是他们要面对的最为常见的问题。①

被问到"你写的是关于什么的"这个问题时，小说作者可能会说是关于某个故事的背景，也或者可能是某个历史时期，比如"在某某战役前夜……"；非虚构作品作者可能会说起他们的主题的重要性"你有没有想过为什么冰箱里面是冷的？"；戏剧作者则可能会答以戏剧中最主要的冲突"有个老国王，他有3个女儿——等一下，他……"。

但是对学术作者而言，这个"关于"的问题实际上要分两部分。"你写的是关于什么的？"翻译过来就是"你的主题是什么？"和"你对它有怎样的看法？"在修改你的写作项目的过程中，你需要先于其他人知道这些问题的答案是什么。

_____

① 说是最为常见，其实它还在另一个避不开的问题之后，那就是：什么时候能写出来？

另外，你得比你的读者更清楚地知道自己的论点。读者可能会找不到重点，会分心，会起疑。而你的工作就是要让他们专心。要让他们的注意力非常集中，不会好长一段时间找不到论点，要让他们看到你的论点是在发展中的，而并非只是简单的重复。

还有你对某个主题的看法也是你对它怀有的兴趣。你建立某个论点的原因是你被某个想法击中了。如果你压根没有那个想法，那么即使是最专心的修改也无法让你写的东西挺直腰杆发出声音来。因此，要听到那个击中你的想法。

超越"关于"

想告诉读者和你自己，你的论点是什么，就意味着要去寻找精确的、界限鲜明的字眼。不要停留在笼统的东西上。不少学者和他们写出来的作品一样，都只停留在"关于"上。"我的书是关于经济不平等的。"那并不是一个论点。

当然，有很多东西都是关于（抱歉我也用了"关于"这个词）我们谈论的"关于"是什么以及为什么要谈论它。那个"关于"可能指的是要讨论的问题的背景，但是它也常常指那些围着你的主题打转的东西，它离主题越来越近，可是永远也没有到达。如果借助数学上的图形来说明，我们可以把它描述成双曲螺线——双曲螺线绕着极点无限旋转，其上的点无限趋近极点但却达不到极点。

如果你对"关于"的2个问题的答复从根本上讲是描述性的——假如你的回答基本上是叙述性的总结——那么你就没有答到点上（"我写的是关于法国大革命以及这些丢失的珠宝。你看，有这条项链，还有外面晾在干草叉上的衣服，还有……"）。如果把"是关于什么的？"这个问题补充完整，那就是"请快速告诉我，你的主题是什么，为什么这个主题有意思以及关于它你要讲述的是什么。"[①]你能在1分钟之内说清楚吗？你这会儿可能想起上一次参加过的学术会议，想起你在会议酒店大堂和图书展览处之间的电梯上被问到的那些话。并不是说发生在酒店电梯上的对话都会触及一位作者的论点，但是如果在那儿谈到了论点，那这个论点就得有论点的水准，同时它也是一种叙事。

对作者而言，一个写作项目的"关于"也是随着时间而

---

① 这个问题的学术版本有时也会被说成"你的参数有哪些？你要质疑的是谁的理论？现在你在向谁发起挑战？"，但是也可以被说成"你有哪些新的发现？"

变化的，甚至从开始起草到完成草稿这段时间，都在变化。最开始，作者觉得自己的"关于"很合理，但是写了6章以后，作者了解到的信息更多了，他知道的不仅有原本就知道的信息，还有关于这些信息的其他有意思的方面以及如何去展开与其相关的论点。有时，一项调查研究的开始仅仅是出于好奇心或者偶发事件。就像一座墙坍塌了，露出里面的铁盒子来。铁盒子的里面有一些文件，新的信息得以暴露在空气和阳光中。这些新信息可能要经过多年的研究之后，才能为一个新的论点打下基础。并不是每个作者在项目一开始就理解问题的利害得失，但是时间和坚持会引领作者提出关键性的问题并围绕它形成论点。留心那些"铁盒子"，它们可能会在你最意想不到的时候出现。

论点也不是挑衅，而是了解人们如何进行提问的窗口。现存最古老的古英语诗歌据传是一位名叫凯得蒙（Caedmon）的牧牛人所作。比德（Venerable Bede，8世纪的英格兰历史学家）在8世纪的《英格兰人教会史》（*Eccelesiastical History*）中记载了这首诗歌，我们才知道它。"modgeþanc"是这首诗中我最喜欢的词，人们把它翻译为思想，或者意图，或者头脑的计划，甚至是心境的思考。我曾好奇地想，会不会它还传递了像"世界的理念"这样的意思。

当一部学术作品的读者或是编辑询问它是"关于"什么时，他们并不是想要寻找一个纯粹的描述性的答复，而是对作者的目的和头脑中的计划感到好奇。这个问题问的是作者所建立的那个世界的理念是什么。

让我们来想象一下。假如论点不是强大而独立的断言，而是构成一个理念世界中的基本要素，那会是什么情形？我不知道我用的"理念世界"这个词是不是很老套（你可以看到，我说的和形而上学基本没什么关系），于是我就到网上转了转，看看搜索"理念世界（idea-world）"会出来些什么内容。

我搜到了一个"理念世界（IDEA World）"（注意，IDEA的字母要全部大写），它宣称自己是最大的健身俱乐部经理和企业家的展览会，其业务还有商业展示、交流和产品发布。

不要把这个展览会和"理想世界"（Ideal World）混淆了。后者是一家英国实体，宣称自己是"电视购物之家"，出售各种至少现在你还不知道自己没有的东西。也不要把这二者与"思想世界"（Ideenwelt）相混淆。这个"思想世界"听起来像是在寒冷的波罗的海海岸进行的康德学派大游行，但实际上却是在威尼斯举办的艺术与独自制作（DIY）

技术的展览会。[①]这些都是宏大的、雄心勃勃的、果敢的企业思想。你买东西是因为你有需要它们的想法，你做东西是因为你有能把它们做出来的想法。

学术上的"理念世界"则不然。构成它的是学会、研究所、机构，当然最重要的还有人。但是驱动着理念世界的最关键的流动力量只不过是人们提出的见解和主张：人们发明、发现或进行更正的理论和论点。知道你想去论证的是什么，即知道你的想法以及你有该想法的原因，这不只是在写作时很重要。它对于构建学者持续思考、工作和生活在其中的理念世界也至关重要。

那么，论点是为谁而建立的呢？我在第二章提出过"生成性见解"这个概念，现在它就是读者需要的论点了。你文章中的生成性见解（能促成其他想法的产生的那个东西）是什么？学术作者收集和展示事实、器物、文件等，希望能够形成生成性见解。它是学术中的铜铃铛（brass ring）[②]，因为它使更进一步和更有价值的进展成为可能。

---

① 甚至还有个"理念世界"奖学金（IDEA World scholarship），用来给"理念世界"年度集会的参会者提供资金。

② 指成就或奖励，或获得成就或奖励的机会。——译者注

你的理念世界是你建立起来的一组设想（很可能你也推翻过其中的一些）。它是你正在进行调研的问题。这个世界中最主要的代表，甚至可能是一些人物、地点和事物等，都会通过你写作的力量而生成某种动态的关系。这个理念世界中有主题（你正在研究的东西）和叙事（你在发展主题的过程中留下的足迹）。在这个阶段，最重要的是要足够清晰，不仅主题要清晰，而且叙事以及它和主题之间的关系也要清晰。

在实践学者们花时间从事的那种写作中，"关于"并不能削弱理念世界的存在。知道你拥有什么，才能知道你对它的看法是什么。而有了这个先决条件，你才能形成强有力的可发展的立场，也就是我们简称为"论点"的东西。换言之，你的论点是这样一个想法，它是某个更大的东西的一部分，并为其的产生而效力。

好的论点是思想生态的一部分。它不仅是站得住脚的，而且是可持续和可发展的。它能使其他人以新颖的、不同的方式进行思考。那么如何发展论点呢？就从困扰你的东西开始吧。

首先，要有一个问题

以下是我们都乐意花时间去思考的3类问题：

我们不懂的问题。

我们理解错误的问题。

我们不知道其存在的问题。

或者，用更直白的话来说，我们写作就是为了搞清楚某个问题，或者是为了修正对某个问题到目前为止的理解，再或者，是为了"发明"一个问题去进行调研。

这些都是写作（特别是分析叙事性写作）的常见特征，我们一般都不会停下来去思考它们。但是，我们正处在复杂的时代，复杂性的一个表现方式就是将各种不同种类的东西混杂起来。新的想法、新的问题、新的危机、新的希望之路：对许多作者来说，正是这种混杂性给新的思考方式提供了机会。

来看一个例子：研究人们如何变得贫穷而不是如何保持贫穷，这可能是重构经济学、政治学、社会学和城市研究中一系列问题的一种方式，它为调查特定人群在特定的历史时刻的经历提供了充分的空间。米歇尔·千原（Michelle Chihara）在她的《行为经济学男性气质的兴起》（*The Rise of Behavioral Economic Masculinity*）一文中，研究了向外行读者或听众解释经济行为的形式。在这篇论文的摘要的最开头，有以下4个关键性的句子：

本文提出美国大众媒介中行为经济学叙事模式的文化史，与经济学学科相关但并不与之重合。从播客到迈克尔·刘易斯（Michael Lewis）的书籍和影片，叙事的行为经济学模式改变了经济学知识的性格或形象。该模式中的金融专家不再是拒人千里之外的形象，而代之以既有权威又友好的解释者形象。2008年国际金融危机前后，在金融丑闻似乎要陷入骂声之中不可自拔时，该模式断言行为经济学知识是现实主义的新标准。

通过阐述她的目的是"提出一段文化史"，作者指出她的问题属于上面的第三类：我们不知道其存在的问题（所以现在我们会学到新的东西）。或者，她的论点表明，我们所理解的与经济作品相关的大众传播方式是错误的（第二类问题）。

有的时候，最有价值的问题是那些因为过于新颖而使我们感到震惊的问题。发现那里有"它"这么一个问题可能是作者最有价值的贡献。也许"它"是一个理论上的概念，或是在过去未被发现的物体或阶段。或者，也许这个"它"是早已存在着的某种形态、身份，或者状态，只是直到现在才被我们看到。

"被看到"指的可能是真的"被看到"。想想某种天文现象，随着技术的发展，直到现在人们能对其进行描述，像伽利略在《星际使者》（*Starry Messenger*）中展示的那样。"被看到"也可能就是比喻性的，但其意义同样真实。这个"它"可能是一种新的政治身份，是对某种社会行为的一种解释（该行为因为无人问津而从未被研究过），是一种核算方式，或是一种讲故事的方式。如果你很好地构建了某个论点，你就能够说服读者，它是真的存在而且值得研究的。

要了解你的论点的核心问题是什么。

论点是做什么的

在学术写作中，论点往往有独有的贡献，是由作者建立起来，并且仔细地运用论据去进行论证的中心点和控制点。论据通常是文本、数据或图片，不过也有其他收集证据以支撑论点的方式。

那么，到底什么是论点？严格意义上讲，论点是一个合乎逻辑的命题。在逻辑学家的纯粹世界里，利用"若p，则q"便能揭开有关存在的本质、真理以及现实自身的丰富的思想脉络，在这里，"论点"指的是某件事。早期的戏剧或长诗中的"论点"可能指的是该作品的基本情况或主要情节。1668年，《失乐园》（*Paradise Lost*）的印刷商塞缪尔·西蒙斯（Samuel Simmons）说服约翰·弥尔顿（John Milton，英国诗人，《失乐园》作者）为这首长诗的每一卷都提供一个"论点"（即摘要或情节概要），弥尔顿照做了。

很长时间以来，论点本身就是讨论和批判的主题（对的，这里说的确实是论点）。在修辞和写作领域，论点的本质可不是小事。1958年，英国哲学家斯蒂芬·图尔敏（Stephen Toulmin）出版了深具影响力的《论证的使用》（*The Uses of Argument*），该书在写作领域以及当时新兴的计算机科学领域都引起了不小的反响，而将这两个领域联系到一起的，就是它们都认为论点包含了逻辑顺序。

是的，顺序。但是，一个包含有逻辑顺序的论点就是真实的吗？它必须是真实的吗？《牛津英语词典》提供了一个解释，把难题留给了我们：论点是"为了影响人们的想法而提供的对事实的陈述。"[①] "论点"的意思在英语中可以追溯到14世纪，但是它与三段论结构的关系则可以追溯到亚里士多德的时代。

这个词现在对我们意味着什么？有"论点"的写作同时在做两件事：陈述某事为真，同时提供证据以说服人们接受该陈述。当然，它的目的正如《牛津英语词典》清清楚楚地解释的那样，是"影响人们的想法"。通过证据来证明你的论点，是影响人们想法的第一步，但是严肃的写作，其目的不仅于此，它想永远改变读者的想法，而不仅是让读者相信作者是聪明的。小说家可能希望说服你接受他笔下的人物，把他们当作鲜活的真人，即使你很清楚他们并不是真人。诗人可能希望说服你相信这一点：尽管我们都知道语言有局限性，但是文字能将我们领入最重要的、改变我们一生的近似现实中。但准确地讲，这些都不是论点。

学术写作（以及其他形式的有追求的非虚构写作）则有更重要的事情要做。学者知道，论点意味着风险，就像走钢丝一样（不管有没有防护网）。而正是这种风险才使得论点

---

① 这是《牛津英语词典》中的第三个义项（第一个是古义，第二个是天文学用语）。

成为可能。其实你心里已经知道那是怎样的感觉了：

> 我的观点是×，因为我相信X为真。它不是显然的那种真（就是人人都认为理所当然的那种），因为如果是那样的话，我所谓的"我的观点是×"也就没有意义了。

> 比如，你就不会说你的观点是"水是湿的"。①

> 既然×不是显然为真（至少对你来说不是，至少目前不是），我将分门别类地列出一系列的解释来说服你，让你相信×。假如给出这一系列的解释都没有必要，那么一开始我就不会有那个观点了。

但是在写作中，"论点+论据"这个公式并不仅关乎逻辑证明。在这里，逻辑数学模型不得不退后，作者要从社会和人类的维度去揭示写作值得付出这么多的努力。

---

① 然而，有很多被发表了的文章，甚至是连篇累牍的研究，都陷入了"水是湿的，我要来证明它"的这类论证里。这样的文章你很可能读过一些。

作者会面临可能没有说服力这个风险，因此才会去做一系列的事情（建立数据集、搜集历史文献、进行实际调查、深度阅读文本）以为佐证。所有这些佐证都是基于事实建立起来的某种事情，然后作者对它们做以解释，并拿它们来作为论点的支撑。或者，换言之，是风险使得论据成为论据。

我们可以更进一步。学术类的非虚构作品最多是描述了对世界不完整或不正确的理解。这个描述包括提出主张——至少说出一些有新意的，给人带来一点惊讶的东西——从而能够去影响读者的想法。怎么影响呢？去说服他们，或者让他们打消某个念头；去使他们不安，或使他们笃信，去鼓励或主张；或者采用任何一种能够让认真的读者给认真的作者以反馈的方法。同时，提出某个主张的行为会包含某些特定的风险，这个风险则成为作者去分享一些佐证（数据集、历史文献、实际调查的结果，深度文本阅读的发现）的契机。否则，这些佐证不会有人去讲述、去分享，或者去分析，也不会有人去阅读、去辩论、去享受或者去为之斗争。

"影响某人的想法"并不简单，不像说服读者香草冰激凌比巧克力冰激凌要好吃一样（如果问我的话，这个关于冰激凌的观点，我有时同意，但有时又不同意）那么简单。对作者而言，说服读者去相信他的主张是一个由文字逐步累积而成的结果，包括对证据的各种呈现和对事件的各种表达。这其中每一步都有它自己的风险，每一步都要去对这世界进行描述，每一个字都要去选择，而每一个选择都是一个决定，这本身也带有小小的风险。

这么形容论证型写作是如何进行的，可能有点高不可测的感觉。但是，假如你的修改只是为了让表述更为清晰，修改时并没有意识到写作是一件非常有风险的事情，还没有把改变读者的想法当作你的目的，那么你就没有意识到论点的作用。另外，你也剥夺了自己冒险的机会，即失去了玩味文字和想法的乐趣，无法看它们一个个在你的安排下是如何起作用的。对作者而言，论点和叙事密不可分。好的文章由叙事驱动，而好的学术作者要做的，则远不止一页又一页的描述和解释。

如果你是学术作者，那么从专业的角度来讲，你对与自己研究主题相关的思考经历负有一定的义务，你需要负责任地将这段经历作为你个人的原创想法的一部分呈现出来。这一点直指论点驱动型写作中最主要的矛盾之一。一方面，你努力要去表达的那个大的东西，即论点本身，必须是可以总结的；而另一方面，为了证明论点，使其发声，你的写作本身又需要具有一定规模（有时需要写一本书那么长）。

量化分析能使论点（还有我们说的叙事）变得紧凑，因为来自数学方面的扼要的证据要尽可能清晰地得到呈现。在量化分析中，放在首位的是客观和中立的价值观，这些概念也是质性分析所追求的（可能后者中怀疑的成分要多一些）。有些文章中的表格与图表非常出色，其分量远远超过文章中陈述性的语句，但是即使是这样的文章，作者仍然需要安排好所有的组成部分，带领读者走向论点。质性分析的论证，从定义上来讲，来自多方的观点和论据，因此对语言的依赖性更强，也因语言的特性而具有另一种复杂性和可能性。量化分析和质性分析这两种模式都在追求真实性，但是它们采用的方法会决定这种真实性（或者论点）是以什么形式呈现的。

"立论"这个字眼可能是对写作过程中要承担的双重责任进行思考的一种方式：一方面，你要用简洁的语言来准确地给某个想法（即论点）定位；另一方面，你要将这个被简洁地定了位的想法阐述清楚。那么，从两个角度来考虑论点吧：一个类似你在面试中简明扼要的陈述，另一个类似你安排好并进行展开的漫长而充满细节的叙事。这样思考的话，你写出的文章就在逐页、逐章地进行论证了。这样的思考方式可以使写作跳出简单而且往往沉闷的结构，不再只是每一章都是论点在前而支撑例证在后。再换一种方式来讲，在说服性的写作中，论点是无处不在的。假如这使你的写作有点凌乱和不受控制，也没有关系。

学术论点是随着时间而丰富起来的。做得好的话，论点中会充满建立在思想、理论、实践和历史之上的事件和事例。这些构成部分被放在重要的位置进行排序并得到适当的认可。所有这些都是为了让作者能够提出一个精心呈现的想法，并使其得到证明。因此，论证与叙事很相像，只是我们没有去承认。

写作靶心

论点从哪里来？法律界表示论点是对纠纷的回应。双方不能达成一致时才会有案件的发生，因此才会形成问题，论点就是从这个问题而来的。想一想写作和这个简化了的法律程序的相同点：作者认识到某个问题，于是才有了构建某个论点的动机。

如果一个学者要进行论证的事情要么没人关心，要么人人看法一致，那么从一开始就没有构建这个论点的理由了。比方说，没有人会仅仅想要论证奴役制度是一件坏事，因为所有人都同意奴役制度是不好的。面对21世纪全球生活中的严酷现实，有人可能想去论证的是：在某些我们并没有用"奴役"这个词去形容的情形中，实际上恰恰有奴役存在着，这点不能因为所谓的合乎传统或者是所谓的家庭内部事务而变得含糊，也不能因为只是系统性地给予了一方很少的补偿就能变得含糊。对学者而言，正视一些状况，看到不精确、不完整，或者未能得到正确理解的事情，才是论证产生的原因。何必要去论证某件大家都厌恶的事情是糟糕的，并且只停留在那里呢？

假如你正在构想一个论点，那么你就是在找哪里有麻烦。找到了麻烦可能并不是件愉快的事，却是件好事。之所以说是好事，是因为现在你能够对自己说出哪里有空缺需要你去填补，哪里有错误需要你去修正。用"填补"和"修正"来总结会持续一辈子的学术工作，听起来好像很无趣，但是只有学术界之外的人才会这么觉得。何况学者时不时地还能够提出某个改变了一切的论点。

有时候我和一群学者一起合作，推进他们的写作项目。我会着重请他们讲出他们写作的名目是什么，以及都要写什么内容。你可以利用"写作靶心"这个练习来辅助自己进行大规模的写作项目。写作靶心中包含明确但并不简单的写作目标。在这个练习中，你可以通过寻找你的写作项目是"关于"什么的，来建立起边界，边界的内部则是你所认为的自己的写作目标。你可以把这个练习当作带你走向论点的步骤。

写作靶心看起来的确够简单，就是一个由3个同心圆组成的图形。

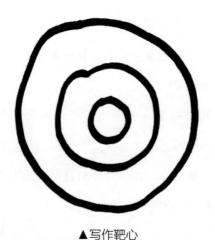

▲写作靶心

首先，来看写作靶心的最外层。你可以在这里写下你的项目的名称，这是最基础的一层，是你定位项目"关于"什么的那一层（别忘了，"关于"并不是目标本身，更不是论点）。如果你是和团队一起工作，那么团队负责人可能会给队员们做出如下指示：

第一步，用不超过20个字来描述你的项目（不可以作弊）。不要写完整的句子，也就是说，不要考虑你写的是否合乎语法，是否有完整的主谓宾结构。

这样做的目的是暂时不要用决定性的语言来描述你的写作目的和内容。

一起看几个例子，来自3位不同的作者，他们的研究方向分别是美国园艺史、东南亚环境污染和警察暴力：

（1）有关20世纪中叶北美的非原住昆虫的介绍。

（2）现代曼谷的空气中颗粒物的毒性。

（3）公众对警察暴力的讥讽和看法。

然后，来看写作靶心的中间层。你在这里写下存在的一个问题，它来自你的研究对象，是在你的主题范围内吸引你眼球的东西。

第二步，用陈述句的形式写下你要解决的问题。在写作靶心的中间层，上面3位学者写下的分别是：

（1）为了控制入侵害虫的扩散，研究人员去了这些昆虫的老家，更好地了解如何利用这些昆虫的天敌来控制它们的数量。但是，这样可能会引进更多有害的昆虫物种，因此也是有风险的。

（2）曼谷政府为控制空气污染而做出的努力失败了。

（3）最近有一项研究分析了2005年某事件发生后911（美国报警电话号码）的呼叫频率，这项研究在设计上存在缺陷。[①]

把问题写出来是给你一个向自己提问的机会，看你是否已经足够深入以及你写出的问题是否为你的思考提供了足够的平台。你能从这儿向下深挖吗？你所写出来的问题会帮助你的想法成型吗？它是那种"好的问题"吗？（第二章讨论过"好的问题"。）

最后，我们来看写作靶心最里面的一层。

第三步，针对你已经写出来的那个问题，你会提出哪些

---

① 出于练习目的，我对原段进行了简化。这三段分别来自美国森林服务（US Forestry Service）中的《入侵物种》（*Invasive Species*）；英国广播公司世界新闻台（BBC World News）中的"曼谷的学校因'不健康'的污染水平而关闭"（*Bangkok Schools Closed Over 'Unhealthy' Level of Pollution*）（2019年1月30日）；《警察暴力事件是否减少了911报警次数？重新评估一个重要的犯罪学发现》（*Do Police Brutality Stories Reduce 911 Calls? Reassessing an Important Criminological Finding*），发表于《美国社会学评论》（*American Sociological Review*）（2020年2月）。

疑问？练习进行到这一步，你要写下的应该是疑问句了。

（1）在引入生物力量来控制入侵物种方面，我们能从佛罗里达生态系统的经验中学到什么？

（2）泰国的农业、曼谷的工业以及个体城镇居民——有关环境污染的舆论认为这三者分别该对环境污染承担多少责任？

（3）如果我们修正了设计上的缺陷，那么关于公众讥讽和警方暴力，这些数据集向我们揭示了怎样的结论？

可以这么认为：学术论点的核心就是你针对要解决的问题提出的疑问。这个要解决的问题或来自你研究的对象，或来自我们对这个研究对象的了解程度。因此，你写给自己的笔记可能会类似下面这样：

我对主题S感兴趣，特别是问题P的存在让我对主题S格外感兴趣。问题P没有自行消失的迹象，也没有迹象表明我们正在沿着更加了解它的方向前进。因此，我要针对这个问题写下一个疑问（第一问）。这个疑问至少一开始看上去会让问题P变得更加困难，所以很可能会把我推向第二问和第三问。但是我想这里就是我能够对主题S进行有用的干预的地方。

你可能会说这些同心圆只能指向你写作的内容，而非论点。但是，这正是我们对论点（特别是学者们发展并支撑的那类论点）的本质的误解。

如果你要构建一个学术思想，那么首先，你必须将它清晰而具有说服力地展示给其他的学者。如果得到他们的赞同，它自然就会得到证实。然后，你可以进一步发展这个学术思想，并以不同的形式去呈现它，比如将它写进白皮书、报刊专栏文章，或者大众感兴趣的杂志文章里。思想是不会被局限在某一个层面里的，一经放飞，它就有了自己的生命力。

反向检验

修改是回过头来进行思考的机会，或者可能是反转（这是个挺合适的词）你的想法的机会。当然，你相信自己的论点。假如你的论点不错，那么它应该不怕批评。反向检验就是把一个想法反过来看，以便看得更清楚。这时候你要停下来，从另一个角度去听听你的论点。你使用的前提、理论和数据必须经过诠释才能有意义，因此你在对它们进行诠释时一定会加入某些假设。

有些形式的文章会用一种仲裁式的口吻，在得到结论之前将正反两方的想法都列出来。

"因为这些原因，暑假应该放6周，不能更长了。"

"没道理！学生们需要3个月的假期，有这么一些原因……"

正反两方的观点都需要足够完备，读者才不会问："但是，那个……又怎么讲？"很少有文章会在进行论证的时候这么一板一眼，更常见的情况是，作者需要听一听论证的焦点是什么，弱点又在哪里。

有时候最好的做法，是直接拿出一个相反的论点，把它亮出来，以便进行反驳。"因为莎士比亚没有续写《冬天的故事》（*The Winter's Tale*）的最后一幕，我们不知道埃尔米奥娜（Hermione）和里昂提斯（Leontes）最后怎么样了。有人认为这对夫妻和好了，因为戏剧中并没有清楚地讲出另一种结局。但我认为戏剧中的沉默证实了他们重归于好是不可能的。"

在你的写作中加入"另一种观点"，会让你不得不更具有说服力。提到另一种观点可能会多费些笔墨，但整体来看反而更经济，相当于多了肌肉而少了脂肪。请一边修改，一边检验你的观点，问问自己："如果我错了呢？如果我的假设并不成立呢？"如果你是一位学者，那么你受过学术方面的训练，能够在需要的时候提供出大量的证据来。但是，你仍然有可能（甚至是需要）做出一些假设。这就意味着你还是有偏离正确轨道的可能性。假如你连最基本的假设都不需要有，那么还有什么值得探究的问题呢？

反驳要么是对你的主张提出了相反的观点，要么是让你的主张没有那么能站得住脚——这点是通过削弱你工作中的假设或者你对事实的断言而做到的。

没有污染物。即使有的话，它们的水平也没有在增加。即使在增加，这个增长率也不足以解释斑点鳟鱼种群的变化。

或者：

你读过科学报告，但是你的解读不正确。即使你的解读是正确的，你读的报告本身并不好，因为其样本太少，无法提供足够的数据来支撑更大的结论。

又或者：

> 你讲的有关污染物的内容可能正确，也可能不正确，但是有一个因素你并没有考虑到，那就是水样被转移到了沼泽地。

把这当作一个机会，去思考一下与你的想法相悖的观点听起来是什么样的，思考一下对这个主题感兴趣的其他人可能会有什么想法。（能肯定的是，如果你发表的观点和既定观点相悖，那么你的论点和论据一定会格外受到审视。）任何一种形式的写作，只要和研究有关，都会吸引其他权威人士、观察者和建档者的关注。

请记住，脚注是你用来记录你在做研究时的谨慎态度的，不要把论证中重要的部分藏到这里，更不能用这里的内容去替代你尚未提出的论点。脚注是用来支撑和提供鉴定的，但它们是为了支撑和鉴定那些你想告诉读者的更大、更重要的东西（偶尔也有些题外话）。

在修改时，你要给自己回退一步的时间，要给相当长的时间，回退相当大的一步。想一想：你在写作时提出了什么样的观点？那个观点和其他人之前的观点有什么不同？对读者而言，你的观点类似某种新闻，你为你的选题提供最近的、最新鲜的内容。不过，把你的领域内的权威——你脚注及参考书目中提到的有影响的人物——的想法考虑进去，也是很有用的。"如果某某权威人士读了我今天写的内容，他的观点会有改变吗？""我的观点能够说服学科内某个我认为很重要的人物吗？"

非虚构类写作的目标是针对世界提出自己的观点。一个观点只有在满足两个条件时才值得关注：第一，有具有说服力的论点和论据；第二，与已经引起读者关注的东西有足够多的不同之处。因此，观点在论证和说服，它使得写作富有活力。观点会指出某件事物是真实的，这个真实的事物可能是真实的发现，或者，如果不是一个发现，那也至少是某种新鲜的见解。回过头来看，你认为是真实的事物可能会让我们知道：我们原本以为真实的东西其实并非如此，或者它可能介于真实与不真实两者之间。可能它是我们对既定想法做出的一种调整，但是这种调整是根据新的事实或理论进行的。观点可以是下述任何一个东西：它可以是一个发现、一次反转，或者一种调整。

现在我们来证明提出的这个观点。当我们给学生、同事、我们正在读的书，或者我们自己提出这样的挑战时，我们是在要求对观点进行强化。有些作者纯粹用逻辑术语来讨论论证的过程：组合数据、排列论点、展示证据、确保一切有序，然后按下确认键。这种系统化的做法固然可取，但是它更多的是被应用在科学计算中，而不是在对人类经验所做的叙事分析中。在整理论据和进行论证时，你甚至可能会发现自己有一点想念小时候在课堂上学到的严谨又简洁的几何知识。

只是现在你要做的不是计算菱形的面积之类的工作了。语言至少和几何一样复杂，至少看上去对于非数学家来说是这样的。不管怎么说，只要你的写作超过一页，你就会看到，在证明一个观点（或角度）时，语言会以各种方式从严格却又令人安心的"几何规则"中摆脱出来。语言无法像几何那样去进行证明，但是语言可以做其他的工作，注意可不要搞错了范畴。

在给你的观点盖章下定论之前，不妨给它来个360°的全方位扫描。所谓"条条大路通罗马"（不过真不明白为什么一定要去罗马）。

获取证据

当我们要求一位作者拿出证据时，我们希望能够相信他所写的内容是有充分根据而且得到有效论证的。如果作者缺乏有条理和有说服力的论证，我们一般不会愿意接受他的观点。假如你是波士顿红袜队的球迷，如果有位专栏作家断言波士顿红袜队（Boston Red Sox）的确比纽约洋基队（New York Yankees）要有看头[①]，而且在接下来的5年里，红袜队会证明自己是美国最伟大的棒球队。那么这位专栏作家几乎不需要进行论证说服，就会得到你的赞同。但是作为红袜队的球迷，你的赞同至少有一部分是出于情感，而不是出于理智。假如你是洋基队的球迷，那么同样，你会赞同鼓吹洋基队的专栏文章。你立刻就能认同的这位专栏作家，有点像是来让已经接受某个命题的人来肯定这个命题。

论点可不是这样的。不过，如果建立起一套标准，把这套标准作为依据来论证一支球队比另一支更有看头，这也是有可能的。这种判断高下的方法中可能包括一些数据，但又不完全依赖于数据。在这种情况下，将数据与事实、解释与更为主观的东西结合起来，也许会产生一个内容丰富而不断发展的论点，这个论点与这2支球队以及爱戴他们的理由相关。

当然，有些"论点"根本就不是论点，可能就是一些练

---

① 波士顿红袜队和纽约洋基队是2支知名的棒球队。——译者注

习，把本来已经很琐碎的东西切割得更琐碎，或者把旧闻写成新闻（出版界有位智者曾评论一些死气沉沉的手稿，说它们"开辟了旧天地"）。

如果读者觉得论点（以及整个作品）不够强大，那它就是失败的。假如你在读自己的文章时感觉论点很弱，想想是否有下面这3种可能的缺陷：

缺陷1：观点并不是真正的观点，你只是运用了不同的例子来重述自己已经相信了的东西。

缺陷2：不懂历史，不懂批判。你要做功课，不仅只是阅读参考书，还要对你所研究的主题的历史（所有那些可能会互相矛盾的历史）保持敏感。历史，无论是历时的还是共时的，都能提供不可或缺的重要证据，要把它们都用起来。

缺陷3：提出的观点没有得到足够的支撑。这一点是第二种缺陷的显化版。（要做功课啊。）否则的话，你就出局了。读一读其他人在你的研究主题方面都做过什么，那些也都是证据。

不要害怕数据，但要记得，数据是需要解释的，这就意味着数据也要承担叙事的一面。可观察到的数据本身并不是事实，除非我们把事实理解为已经做好的东西（英语中的"事实"这个词来源于拉丁文"factum"，意为"完毕"），做好的东西是需要解释的。

事实需要解释。数据无法自己发声，需要我们为其发声。当我们给数据、事实赋以声音时，就要尽可能地去接近由这些非人类的、不能讲话的事物揭示出来的现实，使我们尽可能地去理解它们。

数据告诉我们什么？我们又如何对其进行回应？我们根据数据或事实而做出的叙事并不一定是好的（或坏的），但是一旦我们认识到叙事已经完成，叙事所依赖的东西也已经完成，我们就能够看到，其实周围的世界一直都是需要被解释的。这一点，即使是不那么简单的消息，也是好消息。去解释我们的世界，这就是各路学者、评论家以及认真的观察者们忙忙碌碌地在做的事情。

不要担心世界和生活经验，包括口头叙述的历史。即便我们的任务是改善并更好地理解世界的某个方面，有时我们在着手这项任务时也会忽视身边的很多东西，它们可能是我们理解自身的失败和弱点的关键。让无声的东西发声，这是作者（特别是学术作者）的任务之一。

那么，什么是论点，论点能做什么？我们接近问题的答案了吗？前面已经强调过，论点就是某种形式的关于想法的叙事。或者换言之，叙事是某种形式的关于世界的论点。知名经济学家罗伯特·席勒（Robert Shiller）也是一位善于为大众读者写作的专家。在《叙事经济学》（*Narrative Economics*）一书中，他的关注点在于数据的叙事成分，即那些"口口相传，在新闻媒体和社交媒体中传播的具有感染力的流行故事"。他认为，叙事经济学的方法"能够提升我们预测经济事件并为之做好准备的能力。它能够帮助我们建立经济政策和体系。"如果连席勒都敦促我们考虑叙事的作用，那么我们最好还是听从建议。

好的论点会在准确和精确之间取得平衡——前者是从大方向上进行的公平、公正的思考，后者则是从小处着眼进行的条分缕析的思考。修改的过程中要努力做到没有偏见。当我们说到某人的观点偏颇时，我们的意思是这个观点不够公正，或者它显示了某种偏好。"萨莉（Sally）选择韩国合气道而不选日本合气道，这表明她更偏爱进攻型的武术，认识她的人对这点都不会感到惊讶。"

但是偏颇也有不完整或选择性的意思。"杰西（Jesse）对这场小事故的解释是偏颇的，他遗漏了非常重要的一个细节。

确实，路面崎岖不平，另外那辆车也缺一个灯。但是他从早饭后就灌了 3 瓶红牛下肚（所以他亢奋得很，车开得不稳）。"

如果你希望自己的文章是公允和完整的，那么就尽可能完整地讲述你的故事，要确保把所有的上下文和相关的论点都展现给读者。这样的话，你自己所做的增删、替换或更正就会更有意义。此外，当你努力去做到精确时，读者就会信任你。读者需要信任作者，需要相信其文章会尽可能公平、真实和完整。因此，本章所讲述的"论点在成功修改中起到的核心作用"其实是有助于让复杂晦涩的文章变得更加简明易懂。

要好好地论证，就要好好地听。从根本上讲，这就是我们所理解的分析工作，也是学术研究的基本前提。要关注发生了或者没有发生的事情。[①]为了做到这一点，做好这一点，我们运用叙事并从中塑造出那个我们称之为"论点"的假设。

在修改的过程中，你也在听你的事实和数据，看自己是

---

① 在柯南·道尔写的故事《银色火焰历险记》（*The Adventure of Silver Blaze*）中，之所以福尔摩斯能够破案，是因为案件发生在夜间，而狗却没有叫。好的写作需要去听那里有什么、没有什么、不该发生（却又发生了）什么、该发生（却又没有发生）什么。

否给了它们发声的机会①，还要保证在它们发声时，你有在听。这种听的技能可能是研究者最珍贵的技能之一了：鸟类学家解析稀有鸟类的鸣叫声，人类学家得到许可后去观察丧葬仪式的声音与情形，北极专家能够辨析冰裂时的冰山发出的各种声响。作家听辨的东西和他们都不同，但性质却又是相同的——要去听以许多种不同的方式生成的元素和细节的声音。

但是，人们还需要把自己看到、听到的展示出来，以便与他人分享。写作的目的并不是要把一个人的知识带进坟墓里，或者给一个人的见解挂上锁子保管起来。你的写作有且仅有2个目的：首先，是发现自己在思考什么。其次，是将你的思考与他人分享。

分享你的思考可不是自然而然就能发生的，它是作为作者的你努力营造的结果。你让自己有说服力，去提炼论点，打造能够支撑论点的结构，温柔地推动读者跟着你向前走，这才达到了分享的效果。与此同时，你还做了别的：你给读者提供了工具，或者，让我们用个更直接的说法，你给他们

---

① 在这里，我们可以把人类学所做的工作和其他形式的与学科相关的听辨联系起来。

提供了"能带走的东西"。

能带走的东西

结论是可以带走的。如果你的主题构建得严密又巧妙，那么你的结论就是能带走的东西中很重要的一项。还有其他一些可以带走，而且写作的人都不会忽视的东西。你的思考要细致，你的读者才能思考得广泛：你的作品中那些具体的、可以输出和可以利用的结论，会让读者感激。他们或者接纳它们，或者与之斗争，或者在它们的基础上构建自己的东西。

除结论之外，还有3个东西可以带走。

（1）记得住的例子。有些类型的写作对轶事或典型案例很着迷（但是案例分析通常太长，让人记不住）。请你选用一个事件或一个应用实例做例子，来支撑你的论点。这个例子要强大、简洁，如果它还容易被人记住（或是因为愉快，或是因为悲伤，或是因为其他什么难以忘怀的原因），那就更好了。有匠心的作者会去计划、利用和安置让人记得住的例子。修改使我们具有匠心。

（2）语言工具。有的时候读者带走的东西是与语言相关的，比如有的词语发生了转折，旧的词被赋予了新的意思，或者是某个司空见惯的表达因为有了新的活力而突然强大起来。有一个写作秘诀：选择你想要强调的东西（一个你能用短语去传递的概念），把它凸显出来，让读者知道你要在这上面做文章。写作和其他的艺术一样，要设计好主体和背景的区别，还要利用重复的力量。想好你想要强调的主体是什么，让读者能把它带走。重要的事情至少说2遍，然后再重复1遍，但是不要用完全一样的措辞。

（3）应用工具。多数研究都认为，某些东西可以用其他东西来进行解释，并且能够以新的方式进行解释。如果你写的是这种类型的书，那么你可能会向读者展示一些工具，可以用来探索你的书和其中的分析项目之外的世界。书籍让人难忘，因为它们给人们带来愉悦，为人们打开一扇窗，并且向他们提供了新的工具。给读者一个理论，并轻轻敦促他们去应用它，这是读者能带走的东西中很复杂的一个，但是它也可能是能够留下最长久印象的那个。

论点远远不止是措辞简洁有力的话，它是有雄心去引起改变的想法。为了能在笔端有效地做到这一点，你写作时一定要采用最佳的形式去展现这个想法。此时，就需要讨论写作的结构了。

第五章　完善结构

　　作家、概念建筑师、空间管理员。让我们把这3种职业头衔都放进我们虚构的简历中。

　　写作是将文字组织成不同的形状，从某种意义上讲，修改则是将文字弄成与你正在完善的那类文章相匹配的形状。

　　有些词语看起来对你正在做的工作很重要，如果看看这些词语在你的研究领域之外的学科中是什么意思，总会对我们很有帮助。例如，在计算机工程这个学科中，管理系统的规则的集合体可以被称作计算机的结构，当有多个这样的集合体时，就有不止一个结构。

　　当然，抒情诗人比我们多数人都更善于捕捉声音。济慈和奥登（Auden，美国诗人）惊叹"设计"或"修筑"而成的景致，他们观察自然本身的形状以及人类对自然的改造。

请你也准备好去架构自己的想法吧。[①]

学者所写的是通过复杂的方式开展进行的复杂的工作，因而往往需要复杂的结构。小说也是一样的（比如现代主义小说，有人同意吗？）。爱德华·摩根·福斯特（Edward Morgan Forster）在他1910年的小说《霍华德庄园》（*Howards End*）中发表了著名的题词"唯有联系"（Only conncet.），这句话很有启发性和紧迫感，是他用来分析某个问题和推动解决方案的指令。当然，你会说，在人与人之间，阶层与阶层之间，不同的思考方式之间以及文本与文本之间去建立联系，这显然是一件好事[②]。问题就在于如何去建立联系。

只要你在写作，你就在搭建结构。用建筑物来做比喻的话，你写下的东西形态各异。有时像一间帐篷，露营结束时你就会拆了它；有时像一个单间小屋（也许是挪威森林中那

[①] 济慈对着小岛的洞穴惊叹"是伟大的海洋之神设计而成"。奥登在《战地行纪》（*Journey to a War*）中描述一个山坡，他从火车向外看去，"修筑而成梯田，小麦生长其上"。《牛津英语词典》中列出来"结构（architecture）"这个词也可以作动词。

[②] 这未必是福斯特的本意，见亚当·基尔希（Adam Kirsch）的《散文与激情》（*The Prose and the Passion*）一文。

种可爱无比的小木屋）；有时像一座有很多房间的住宅，分成大大小小、各具功能的公共和私人空间。有的写作项目像代售的房屋，有的像梦想之家，有的则还只存在于图纸上。

当我的建筑师朋友们谈起"建筑环境"时，以上这些类型他们都有可能会提到。他们所说的建筑环境指的是建筑物的结构以何等方式获得意义——这意义有一部分是来自它与空间以及生活在这空间中的人要融为一体。

但是，什么是结构呢？如果我们说的是建筑，那么结构就是将其搭建起来并且使它成为最终的形状的东西。结构的意思在这里是显而易见的。有屋顶、有过道，还有飞扶壁。上下内外，你都能看到各种建筑组成部分以及材料：梁、门、窗；石头、混凝土等。这些东西有时也会让人惊讶（我喜欢建筑师谈起"留门"或"留窗"时的神情），但它们都是被事先计划好的，都存在于结构之中。当然，语句不是钢筋或承重墙，没人会因为一个段落的"坍塌"而受伤。不过，我们还是继续用建筑学的术语做比喻，看看是否能够帮助我们更好地理解写作过程中都发生了什么。

在写作中有两种结构：一种是作为作者的你认为自己已经搭建起来的结构；另一种是作品呈现出来的结构，即读者感知到的文本中可见的结构。

读者感知到的是"可见"的结构。因为无论作者怎么写，怎么想，唯有读者的感知才能驱动阅读。文本只是为我们展示文字，是读者给文本赋予生命力，是读者感知结构，是读者使文本成为文本。

因此，我们思考修改时，很大程度上关心的是，读者如何感知作者可能做到的或者没有做到的东西。作者可能会认为自己的作品结构清晰、张弛有度，组织得井井有条，但是文本只有到了读者手里，我们才能知道它是否真的有问题。

很多作者，包括学术作者，写作时会考虑体裁。体裁是有一定构建规则的符合学科常规的写作形式。这些规则决定了你要说什么，如何去说，也决定了你以怎样的结构去表达自己的想法。一篇发表在医学期刊上的有关非小细胞肺癌的论文，和一篇研究内科医生如何向孩子解释癌症的社会学研究，这二者看起来就会不一样。2篇文章中可能都会有丰富的数据和叙事，但是它们在2篇文章中的比重不同，占据的篇幅长短不同，面向的读者也不同。体裁与结构相关。

因此，尽管写作有关文字，但如果我们把它想象为形状和空间——比如空隙和墙壁，门和走廊，地下室和屋顶——也未尝不可。试着把你要修改的东西想象成由语言搭建起来的结构吧。对你在写的东西而言，哪种结构最合适？这个问题可能并不像是你在写作时就能说清楚的，但是当你沉浸在某一章、某一段，甚至是某一句中时，你会对不同的结构选择有所理解，会对这些选择进行权衡。此时你在考虑各种可能性、支撑的部分、句式的表达、信息的传递以及在你的学科中，关于你该说什么并且以什么顺序去说的那些惯例和常规。

如果你觉得这种说法太抽象，试着想想你的住所的结构。校园里的教工公寓、一栋联排住宅、一座郊区错层式房屋或者只是半个房间。你可能知道它们的缺点有哪些（比如隔音差、光线不好、会漏雨等）或者离哪里（比如校园、朋友家、诊所等）比较近。你的住所是你容身之地，也是你放置了很多研究材料的地方。安居是很重要的事情。

20世纪50年代，哲学家加斯东·巴什拉（Gaston Bachelard）撰写了《空间的诗学》（*The Poetics of Space*），他敦促读者将寻常的家居内部设计当作与其所在的环境息息相关的几何结构来思考。我们都会对自己的住所有所思考，只是方式不同。在接受《建筑文摘》（*Architectural Digest*）杂志的采访时，玛雅·安吉罗(Maya Angelou，美国作家、诗人)曾谈及自己的婚姻（她的丈夫恰好是一名建筑师）。他们的婚姻并未持续到最后。安吉罗对该杂志的记者如是说：

　　我和所有心碎的恋人一样，会说："我不知道问题出在哪儿。但是我疑心是房子的问题。我们的起居室有两层楼那么高，我把我3英尺×5英尺（约为0.9米×1.5米）的画挂在墙上，那些画看起来就像邮票那么小。"

婚姻当然不只是和住所有关，但这是安吉罗思考爱情与失去，空间与大小等话题的方式。

　　你为你的想法建造了什么样的房屋？是用你的想法建造起来的吗？作者要检查他写好的那些部分，去理解它们是如何起作用的，特别是在它们并没有起到应有的作用的时候。

　　写作中的"建筑"结构并不单单是表达和承载你的思想的东西。它还要起到说服的作用。你可能觉得建筑不需要有说服力，它可以用"有用""坚固"来形容。没错，甚至也可以说"漂亮""时髦"，也许还可以说在理论上很"新潮"。但是，建筑能"有说服力"吗？①

　　结构合理的写作是有说服力的。说服性并不是指在本来

---

　　① 当然能，建筑师是有说服力的。好的建筑是有回应、负责任的，是与它所在的地点和社区和谐一致的。好的建筑能够说出自己的想法。

没有说服力的草稿上再添上这么一种性质，也不是像在坏了的墙面上挂一幅画一样去遮掩它。说服性来自论点和论据，来自声音①和语气，来自作品的结构。

修改时请给自己定一些简单的规则。你的目标是在整篇文章或某一章中构建一个又大又好又重要的想法，一个就行。如果你把某一章当作盛放那个好想法的房间，那么你在修改时就能够带着目的前进。手头的画再多，也不要在墙上贴得太满。请记住：这是一面供他人观赏的墙，而不是你的私人展览墙。你要努力去做的，就是无论是添加还是删减，任何一处改动都要为这一章的重要的好想法服务。

句子和段落是你的建筑单元。你要组织安排它们来搭建这座"文字屋"中属于某一章的"房间"。写作中的结构并不仅要有在文中贯穿始终的"主题"，还要细心专注地安置好每一个构件，让"墙壁"够坚固，让读者有安全感。

但是，写作中的构建还不止于此，不仅要将质地坚固且线条清晰的构件组合起来，以达到立刻被理解的目的，同时

———————

① 在写作中，"声音"指的是语气、选词、立论、造句、标点、节奏等的混合体，不同的作者有不同的声音，体现了不同的风格。——译者注

还要富有节奏感。这种节奏感来自文字的流动，长短句的交替，语言色彩的变化，严肃简洁与随性渲染的风格之间的变换，也来自精心构筑的，带有语言脉动的，好像泛着涟漪的语句。建筑不只是搭建起来的环境，写作也不只是文字，请将这二者都看作被思想激活了的，具有说服力的结构和能够长久保持的形式。

当你坐下来进行修改时，将各部分都联系起来是一个结构上的问题，正确地去解决这个问题等于给了你自己第二次机会。你希望看到草稿中的各个部分好像并不属于你，希望看到想法在页面上流动（或者凝滞），就好像它们并不完全在你的掌控之中一样。从某种意义上讲，为了联系（各个部分，并将其整体与读者联系起来），你需要先切断（你自己和写好的东西之间的）联系，以便看得更清楚。我们又回到了之前说过的写作的"无知的面纱"：当你在阅读中做决定时，你要当作自己并不知道也无法知道读者是谁。

　　写作规则：将各部分进行整合。

　　从建筑的角度来思考的写作规则：在修改中，将无关的段落和想法汇入你的论点的主体中。你要的是一幢建筑，而非村落。

"建筑师"作者要回答的问题

即使你的草稿中有对结构的设计和安排，即使你确信你的论点坚实而且新颖，你依然会有些怀疑。这并不只是来自写作这件事的忧患意识，它还是写作的必需。不要信任一个从来都没有过怀疑的作者。

要问你自己一些问题，一些与文本的形状有关的问题。记住，你写下的东西的结构必须是可行的。你在搭建的是一个实用的结构。

为什么我的文本是它现在的形状？关于如何向读者传递信息，你已经在特定的范围内做出了一些决定，按照一定的顺序写好了若干章的内容，也写下了一系列的疑问，从中能够清晰地推导出你的论点。告诉你自己为什么你要做出这些选择。现在再看看文稿中的东西是否与你所说的你做过的工作一致。

我在第一页写了什么，为什么写这些？文章中没有比第一页更重要的了。你未必需要在那里宣布最重要的想法，但是假如第一页写得不好，可能你的读者就走开了。你要明白自己需要在第一页建立什么东西。是历史、理论、定位，还是批驳？甚至是策略性的有意"误导"？

　　我在哪里最清楚地表述了关键的想法？这个问题有点棘手。关键的想法可能就是论点，或者是你对于主题进行阐述的一贯观点，你需要多次强调它，因为这就是你为之进行写作的东西。我们要做的大部分工作，就是要把要点清晰地传达给读者。还记得我们之前讨论过的叙事分析的概念吗？你有很多种选择，但是你需要让你的读者能够看到你想让他们带走的最重要的东西是什么。松散的结构处处都是细节，而坚固的结构则要有重点。

　　我需要用哪种"路标词"？[1]我在需要的地方用到它们了吗？你在写的是哪种文章，这基本上决定了你需要用哪种路标词。医学期刊论文的副文本[2]会写得理性明确，教科书的读者则希望读到简单清晰的描述性的标志。人文学科的专家，无论其写作对象是同仁还是大众，通常会使用"有声音"的标志，意思是这些标志带有作者的存在感和观点。社会科学家往往会处在使用客观明确的描述性标志和使用"有声音"的标志之间的地带。

────────────

　　[1]　"路标词"顾名思义，指的是在文章中像路标一样的词语，它们能够表明文章内容的走向，帮助读者顺利阅读和理解。——译者注
　　[2]　指正文本周边的辅助文本。——编者注

　　我用的词达到效果了吗？再看看你的关键词，那些给你的写作注入活力的词，现在整体浏览一下你的文稿，看看它们都出现在什么地方。比方说，假如"中介"这个词是一个关键词，你发现它在文本的前半部分出现了14次，但是在后半部分却一次也没有出现过，那么你在用这个词的时候很可能出了什么问题。一个关键词不一定需要反复出现（14次已经很多了），但是如果它反复出现多次的话，就会成为你的文章的"主题曲"的一部分，就像音乐主题或和弦那样多次出现。我们很难想象，在一首宏大的歌曲的前半部分反复出现的最重要的和弦，后来竟然会消失。你能均匀合理地安排关键词出现的频率，以便读者可以一直记着它吗？如果可以做到这一点，你可能也就有足够的说服力让读者相信，这些关键词从始至终都在你的脑海里。

　　长度合适吗？结构上的问题总是和长度相关。学术类的写作要面临的挑战是，你要展示那些驱动你进行写作的详尽的细节和分析，但又不能让读者淹没在这些细节和分析里。可可·香奈儿（Coco Chanel，香奈儿品牌创始人）曾建议说，穿着入时的女人在出门前要先停下来照照镜子，去掉身上多余的妆饰，比如一枚胸针、一只手镯，或者一串珍珠，也可能是一件祖传的头饰。在香奈儿生活的时代，入时的打扮显然等同于珠光宝气，她担心的是身上的饰品会不会过多。如今的人们通常不会穿戴那么多珠宝，所以很难想象香奈儿的建议对今天仍有意义。但是，如果（用逻辑学家的话来说，只是如果）你可以从一页中删掉一个词，从一章中删掉一个段落，从一本书中删掉一章，那么你会怎么做？你的文章会变得更好吗？如果答案是会的，那就把那一句、那一段，或者那一章"取下来"吧。香奈儿并没有建议你扔掉闪闪发光的妆饰，只是让你留下它们等合适的时候再用。请你也用同样的方法来处理那些你在修改过程中删去的东西，留下那些只言片语，那些跑题的话，那些像多余的珍珠一样的例子。

其他人能总结出我写了些什么吗？在修改之初，你要努力思考自己都有些什么。等修改完成时，你也要回头再问问自己同样的问题：我写的是什么？作为作者，我的观点是什么？当然，这些问题你肯定都能答上来，但此时通过检查修改稿的结构，你要想象一下读者会如何回答这些问题。要假装你并不是你自己，这是在修改过程中时不时需要做的事情（也是本书中常常出现的主题）。用一支记号笔，实体的或者是电子的，把你觉得读者会认为重要的部分标记出来。这样，你会发现哪里少了过渡词或者路标词。这样做是因为重要的东西并不总是那么明显。

单元安排得合适吗？你文本中的每一部分长度相当吗？如果不是，那么你有很好的原因来解释这种差别吗？那个很好的原因到底是什么呢？

段落呢？如果你的每个段落都差不多有一页半那么长，那对读者的理解是没有什么帮助的。学术作者往往会在一个段落里塞进过多的内容。改进学术写作的最容易也是最快见效的方法之一就是分段，这并不难，试试吧。

如果你觉得自己不那么情愿分段，那就单纯地从视觉疲劳的角度想一想。学术作者可能会对只有一个句子的段落感到紧张，更不要说只有一个词的段落了，但他们不该如此。短小的段落会让读者从学术作者擅长的又长又难的思考中解放出来，从视觉和认知上都得到缓解。

我们很容易就会引起读者的视觉疲劳。从另一方面来说，缓解视觉疲劳的方法也有好几种，除了分段，你还可以利用图形材料，比如照片、地图、图表等。但是在文本中引入视觉元素会增加所有相关人员的工作，而且有些视觉元素反而会使文章变得更复杂。读者的眼睛希望能在满篇长长的段落中，找到能休息的地方，即使是很复杂的示意图都会给眼睛某种休息的机会。但是，你还是用文字本身来作为视觉缓解工具最为容易，主要原因是除非你是诗人或剧作家，或者你正在做的是与视觉相关的项目，否则的话，你写的东西主要还是由大段大段的文字构成的。

试试把所有长度超过页面三分之二的段落全都截掉一半。想要这么做的话，你需要在段落中找到有转折的地方，就像那种需要探照灯稍微偏离几度才能照到的地方。找到了就按下"Enter（回车）"键，让后面的内容成为一个新的段落。然后大声读一读，你应该能听到分割点之后有新的重点，这样的表达更为清晰。如果你没有听到该听到的重点，那么整页都得重写。

把一个段落一分为二几乎不会削弱你的写作的力度。你这样做会把想法阐述得更清楚，更容易被读者吸收。在读者的意识中，遇到新的段落可能最多就是一个小小的停顿，并不比换一口气更夸张。但是不换气可是活不下来的。这一条对你的读者和你的文章都适用：宁可换气过多也不要屏住呼吸。

对于我之前的问题，你都回答"是"了，但是，我收尾收得合适吗？不同的结尾各有特色：可以是总结和概括，可以指向另一个话题，可以是停顿休息，可以是工具，可以是若干的可能性，可以是肯定，也可以是未解之谜。你需要哪种结尾，取决于你写的是什么以及你为谁而写。后续我们会再次探讨写作的结尾。

表现给我看

"现在就表现给我看，"在勒纳（Lerner）和洛伊（Loewe）制作的经典音乐剧《窈窕淑女》（*My Fair Lady*）中，伊莉莎·杜利特尔（Eliza Doolittle）对着情意绵绵却不得要点的弗雷迪·埃斯福特-希尔（Freddy Eynsford-Hill）这样唱道。作者需要把所思所想表现出来。坦白地讲，这些所思所想，作者不是很好地表现出来，就是表现得不怎么好，基本没有其他情况。你的结构越清晰，你的分析思考就越清晰，你的用意就越明显，想法也就越成熟。

现在你手头正在修改的这个作品，你还记得你在写初稿时的计划吗？最初你是有一些想法想表现出来，接着，你大概有一些有关写作的边界和雏形的思路。如果你当时记过笔记，现在把它找出来。如果你只是在脑子里有过一些想法，现在把它们写出来。你写下来的可能是有这样开头的文字："今年夏天我想写……"，或者更好一点的，"今年夏天我会修改……"。当时想写的或者要修改的，是什么呢？你正在进行的写作可能是一篇有关亚裔美国人与体育管理的学位论文的文章的第四章，可能是为《牛津灾难响应指南》

（*Oxford Companion to Disaster Response*）撰写的一篇6000字的文章，可能是为《法律简报》（*Legal Briefs at Length*）撰写的一篇14 000字的有关当年的奖学金仲裁工作的综述文章，也有可能是某一本有关修改的书中的长达35页的一章。无论是哪个写作项目，它们都是从某一个地方开始的。

在写初稿的时候，你打算让它具备什么样的形状？在你的构思中，它是由好几个部分构成的吗？还是只分成两大块，或者只是一些有编号的段落？所有你能想起来的当初的想法都会唤醒你的记忆。你能够记得当初想如何安排文章的结构，这一点对修改总是十分重要。以上的例子中，前3位的作者是怎么想的我不知道，但是第4个例子的作者[1]怎么想的我知道，他最初是有一套与修改有关的想法，然而这些想法后来不太行得通，他还需要重新再想想。[2]

想想你要写的某本书的主题是什么。如果你能把写那本书的写作项目看作一个大整体，那么用想象中的锤子去敲它。把它敲碎，比如敲成5块或10块，然后给每一块起个名

---

①　指本书的作者自己。——译者注

②　这种"对本书这本有关修改的书进行修改"的笑话，会贯穿本书的始终。

字。我写作的时候会寻求某种平衡，从无形的文章中找到一种有形的对称，这可能是因为我在其他形式的设计中发现了乐趣，并希望将其反映到写作中。我希望我写的东西各部分长度大致相当，也就是说，每部分呈现的主题的范围要大致相当。这是一种从外向内进行架构的方法。

无论最初你是如何思考文章结构的，都可以利用修改这个机会再次思考你当初的想法。如果它们依旧可行，那么你的任务就是要决定你已采用的结构是否最佳。如果此时觉得当初的想法并不好——毕竟你现在要修改的书里的一章或一篇文章，它的样子和你当初设想的不同了——那么就再来看看草稿的结构吧。

问问你自己以上的问题以及其他能想到的问题，你就会比任何人都知道自己面临哪些困境，知道有哪些写作中的逃避行为（多数作者都是很擅长写作式逃避的）在阻挡着你，使你无法看到前方。

以下是2种常见的看起来并不像逃避的逃避行为：

我已经写过那篇很棒的论文了，就继续用它吧。

我已经做过那个很棒的演讲了，就继续用它（的演讲稿）吧。

这里的问题就在于是否合适，是否于读者相宜。这也是结构是否恰当的问题。

你为研讨会写过的那篇论文大受好评，它的确是一篇很棒的研讨会论文。你为你的演讲做出的种种选择对那场演讲来说可能是量体裁衣。这很了不起。但是当你把这些成功的先例放进另有宏伟目标的更大的项目中时，你就需要重新衡量它们受欢迎的程度了。在讲堂里收获阵阵掌声的演讲并不代表写在纸上也能达到同样的效果。如果你要给你的想法适合它们的呼吸空间，你就需要把它们从演讲或者研讨会论文的结构中释放出来，现在它们并不是你要在另一处重新组装起来的积木，而是你的想法档案库里的一部分了。

思考你将如何架构你的作品是一个机会，可以让你看到你对作品的形状所做的工作和设想。

结构要有多大的透明度才合适？

你写的内容是否在理性、明确地表述时效果最佳？

短小的段落是否需要编号的条目？不同的部分以及子部分的顺序是否标注得很清楚？你的项目需要延展分析吗？

你会怎样描述你的作品的结构（不考虑内容的话）？

有些形式的写作要明确地把各个部分标示出来。我们前面已经看过用地图和清单来组织写作的原则。对有些作者而言，这些架构过程中的标志是隐形存在的，但对另外一些作者而言，它们需要清晰刻意地出现在文本中。

许多科技类作品中需要十分明显的章节标记（例如系统性的编号：1.1, 1.1.1, 1.1.2, 1.2; 2.1, 2.2, 2.3, 等等）。这种形式上的惯例决定了在表达时具有分析性和客观性的语气和风格。很干巴巴吗？是的，往往如此。如果你想修理汽车，或者做外科手术，或者调查经济指数，你要找的很可能是事实、指令和数据。如果是非科技类作品，或者至少不是科技性那么强的作品，那么写作时会有其他的选择。

在写作中进行架构的最简单，也是我们最熟悉的方式之一，就是写出分析性骨架。主题、次级主题、次次级主题等。我们来想象一下作者能如何用这些术语来架构一本书稿的某一部分，看起来应该就像下面这个目录：

7.我们为什么怕老鼠

7.1神话观念

7.1.1相关民俗传说

7.1.2 欧洲与其他地区的传说比较

7.2 流行病学观点

    7.2.1 老鼠与瘟疫

    7.2.2 疾病传播的早期概念

    7.2.3 近代干预治疗

在这个结构中，目录的功能是向读者展示该写作项目的梗概。我们回到了上一章讨论过的一点，这是一幅"地图"（而非清单），我们能看到给各个构成部分命名的好处。

注意，这种形式的经验法则是，如果你要将某一级的类别继续划分，那么它必须至少有 2 个子类别。你不能只有 7 和 7.1，然后就到 8 了。如果你想构建一个单独的子单元，你就需要再考虑考虑。这表明你还没有想明白有些内容该归置到哪里。一章里面孤零零的一个次级标题看起来并不像是次一级的内容，倒像是在表明你其实还没有决定好自己的关注点是什么。

这种划分时必须至少有 2 个子类别的要求并非只是某一群制定规则的人强行规定的。这个方法能够让你在写作中找到节奏和平衡。它也能够使你免于尴尬地陷入一个看似是子类别的旁枝末节中。

你可能已经注意到了，在这个例子中，组织信息的不仅是各级标号（1.1等），还有通过叙事语言形成的概念。骨架就是这样，就是一个框架，而作者的专长是叙事，他能够在完成构建概念的工作后把骨架拿走，就像魔法师表演的消失术①。如果作者这一步做得好，写出来的文本就会具有自然的韵律、节奏和起承转合。这样的文本读起来很自然，因为它们是被精心安排好的。做个类比，打理写作和打理花园有很多共同之处。外观上的形态布置很重要，但为了达到浑然天成的效果而进行的精心安排（这一点同样需要大量的工作）也很重要。

把你想要达到的效果表现给读者看吧，尽量做到自然一些。

要让结构能看得见

建筑学的学生要花几年的时间在工作室里通过各式视图（平面图、立面图、剖面图等）来分析结构。在建筑学的术语中，平面图类似于鸟瞰一个建筑时生成的视图。立面图是正面视图，类似于从建筑的正面看过去生成的视图。建筑草

---

① 此处指构建好框架后，用自然、流畅、丰满的文字让框架不那么刻板地显露出来，让文章看起来很自然，不生硬。——编者注

图中也会有剖面图，显示的是将建筑剖开后的视图，就像核磁共振扫描固体材料那样，将原本无法看到的内部构造生成图像显示出来。

我们能用平面图、立面图和剖面图这些词来构思写作的形状吗？可能是可以的，只是作者们说起平面图（plan）这个词时往往指的是另外的东西。[1]学术作者的"计划"指的是即将要写的东西的详尽或粗略的计划，它本身就具有某种意义上的结构：一个总的声明、几页目录、一篇开场白圈出读者足够感兴趣的问题，以便留住读者（也让读者相信作者能解决这个问题），后面排列着若干章节。[2]对作者而言，剖面图（section）通常指的是构成大块文字的小块文字。[3]一块可能就是我们所说的一章。一章一章地去写，这是学术写作的传统，当然一章也可能会进一步被划分成更小的部分。几乎每部学术著作的作者都会将其分为不同的部分，并在目

---

[1] "plan"这个词在英语中还有"计划"的意思。——译者注

[2] 有的时候作者的"计划"可能只是某个打算，比如"我计划今年夏天多读一些我的研究领域内的东西"。听起来这是能很好地利用时间的一个好计划，但我们在这里着重讨论的不是这种"计划"。

[3] "section"这个词在英语中还有"节、段、部分"的意思。——译者注

录页中呈现出来。我们作为作者，会希望，也需要把这些不同的部分快速地展示给潜在的读者，同时也希望并需要它们能说服我们自己：看，我对内容这样组织安排是正确的。毕竟我们有时候会忘记作品中最后的一块"拼图"呢。

我们来用上这些建筑学上的术语，用它们来类比写作。从鸟瞰的角度想象一下，思考你对作品的"计划"是什么，怎么去完成它。这对于长的写作项目尤为有用，比如你要写的是一本书。你能写出这个写作项目的概览吗？至少像建筑学上说的"平面图"那样。你的书将要做什么，目录有没有起到让这一点很明确的作用？你能把目录看作是真正的门面，就是作品结构中的大门吗？通过它你能明白门内会有什么吗？再看看"剖面图"，就是在这个写作项目内迤逦前行的那道视线，它又是怎样的呢？你能随着文本的发展画出那些思路线条吗？这些线条有没有帮助你把作品的各部分联系起来？

写作就像建筑，至少在一些重要的方面是这样的，只是我们用的材料是文字，而文字是不好驾驭的。如果本书是一本常规意义上的指导写作的书，你可能会期待着在本书中读到几页这样的内容：比如，段落该有多长？限制自己少用一些分号是否会让你的文笔更为犀利？［第一个问题答案：比你现

在正在修改的段落要短一些。第二个问题答案：是的。］

或者你想读到对以下问题的指导性意见：一本书该有多少章？一节该有多少页？一章该有多少节？［第一个问题答案：只要能留住读者，多少章都行。第二个问题答案：至少3页；第三个问题答案：至少2个。］

再或者，你想知道的是：一篇论文或文章该有多长，或者一本书该有多长。（说实话，这些问题没人能给出确切答案。一般情况下你的写作是有指南的。学术圈很看重指南，即使这些指南并非总是那么强势。此外，你要写的文章是由你自己的想法驱动的，所以你还是得自己来做决定。）

但是以上内容都不会出现在本书中。我们还是一起让思维发散开来，跳出写作这个圈子想一想。达·芬奇是著名艺术家、设计师、建筑师、发明家、绘图家、科学家、文艺复兴时期的顶尖代表人物，他将人体本身理解为某种形式的典范。他有一幅著名的作品，你肯定知道，即使你说不出它的全名来。在这幅画中，达·芬奇刻画了一个嵌在圆形内的男子的形体：2个重叠的正面像，有4条腿和4只伸开的胳膊。他拥有完美的比例，就像人们很熟悉却又辨认不出来的某个神话人物。达·芬奇用这幅画来展示人体比例，与公元前1世纪的罗马建筑作家维特鲁威（Vitruvius）讲述过的原则相呼应。

这幅画中的人体通常被称为"维特鲁威人"（Vitruvian Man），它作为比例的标志性形象和模因①，早已渗入流行文化之中。但是，我总觉得达·芬奇笔下的形象还讲述了别的内容，那就是它以人类这一主体为中心，指明了人生能够去往何处以及将要去往何处。

想起达·芬奇笔下的这个形象，我突然想到从这里也能学到有关写作的道理。修改一个作品，也正是与草稿的走向有关——如果它要贯彻其中的想法并吸引读者，那么它能往何处去，又该往何处去。

你写作时的工作界面是二维的，但是除此之外，写作鲜有二维的东西。让我们借用达·芬奇的思想，用空间术语想象一下某位作者的草稿。这个比喻不一定贴切，不过还是跟我来看看吧。

请把修改想象成向下看、向上看、向两边扩展以及向外拓展。这是4种修改方向，即"向下修改""向上修改""侧向修改""向外修改"。让我们暂时借用维特鲁威

---

① 文化的基本单位，通过非遗传的方式，特别是模仿而得到传播。——编者注

人的概念，看看我们能否跳出常规，找到新的方式来想象修改的过程。

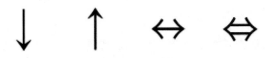

▲4种修改方向

修改是"向上"的，即需要添加文本。为什么呢？可能是因为读过你手稿的编辑（或者你自己）在空白处写了笔记，提议哪里可能需要加一个新的分类、新的例子，或者一个更好的过渡语。虽然你已经写了很多文字，但是还是少了某些内容。你需要更多的东西，或者是不仅更多而且还要不同的东西。向上修改的意思是指以某种方式去填充文本。要添加的可能是另一个部分，另一个段落，两个解释性的句子，一个缺失的章节，一个案例分析，等等。用建筑上的语言来说，向上修改是去填补空洞、加固地板，或者进行扩建。

你在阅读的过程中如果发现论点和论据很单薄，那就是你感觉到要给文本添加东西的时候了。于是你就添了东西，这样做就可以使文本更具连续性，更有说服力，衔接得更好，更有变化，也更加流畅。就像给骨头上多加了肉一样，你给你思想的骨架添加了由文字构成的肉，帮助读者跨过你之前并未意识到的沟壑。向上修改是添加了材料，但添加的又不仅仅是材料。你加的不是字数，而是能算数的字，即那些能够填补思想表达上的空缺的文字，能够让你的话更好地得到理解的文字。

如果你必须添加内容，请记住要谨慎地添加。只是简单地加一个例子并不能有效地扩展。有时我们需要的并不是再加一个案例分析，而是要把已经有的案例分析更加精心地写得更好。如果其他方法都不行，那么就换种说法或者反复去说，但不要做得太明显，否则会让读者觉得自己被低估了。你懂的很多，但是你要懂得什么时候需要把你知识范围内的东西有保留地传递给读者，这可是一门很珍贵的写作艺术。读者并不是，也不想成为记录你的研究的文档。所以不要像消防水管似的，把你有的东西一股脑儿地都灌给读者。

向下修改的目的与向上修改类似：精炼你的写作风格，使文字表述更为清晰，更具有说服力。但是这次是通过删减来达到这一目的，要删掉那些对必须做的工作没有帮助的内容。最著名的有关写作的书之一可能要数威廉·斯特伦克（William Strunk）的《风格的要素》（*The Elements of Style*），这本书的思想最初来自威廉·斯特伦克，距今已有一个多世纪了。你应该已经知晓斯特伦克的那句箴言："不要没用的词。"但是这里总有一个问题："没用的词"指的是哪些词呢？

成功的写作并不是要压缩所有的内容，成功的作者对节奏的疾徐快慢和内容的详略繁简非常有感觉。有些著名的作家一贯风格简洁洗练，而有的作家几乎就一件阳光晒得褪色的东西都能写出长篇大论来。压缩是保持节奏感的要点。这个技能人们用的并不多，但是它对建立写作的节奏和有效展开论点（或想法）极为重要。

如果你正在修改的是很长的作品，那么向下修改要从倾听你内心的声音开始，你要去辨认哪些是无关的例子，哪些是重复的分析，哪一点本来2次便可以讲清楚，你却讲了3次。

学术作者可能会对字数统计格外紧张。我写得够长吗？我写得太长了吗？当然，有些情况下的字数限制是可以理解的（比如某期刊接受的投稿字数要在8000—10 000字），有些还是合同规定的（比如出版商要求65 000字以内的书稿。即使字数还有商榷的空间，也不大可能会减少到25 000字或者增加到125 000字）。字数统计这个功能挺有帮助的，我自己也用它，但是我努力不把"达到字数要求"作为自己写得好的标准。要尽量把注意力放到你要写的内容上，而不是你的文章要达到的字数上。不过，等你写完之后，还是要看一看字数。

几乎所有的写作指南都会提到写作要清晰、有效，也会讨论如何能让作品具有这两个让人向往的品质。我们看到的建议往往是文字越简洁就越好、越有效。事实上写作确实是这样的。但是学术写作往往有责任要把细节交代得清楚和透彻，这一点有悖"短则佳"的口号。其实并没有规定说修改文章就一定要把它改短。有时候你反而需要把它改长。

写作法则之一：除非你知道自己要从哪儿开始，否则你不会知道缺少了什么。

是的，修改意味着删减、增加和改动文字，但是如果太关注在新的句子和段落中进行的提炼和修补，我们的注意力就会分散，忘记了我们一直关注着的过程，即了解你已经有的东西，并且确保你拥有的正是你想要的。做到这点之后，再去检查哪里有缺失，哪里有冗余。找到后，把它们修改好。请你看着修改后的句段，大声读出来。如果这种"扫烟囱"式的工作做得好，那么你一定乐意去听你修改后的版本。

写作法则之二：要记得即使你是在删减文字，你的目的依然是积极地给作品"塑形"。

在我们把一个超长的段落或章节改短之前，先标记一下里面的哪些内容是有价值的。比如一个概念、一个从句，或者50页文字中的几个段落。在电子版中将它们标高亮，或者用你的笔在纸稿上做好标记，总之一定要把好的部分在视觉上显示出来。谁知道你什么时候才能再读这几页呢？即使你次日或者几天后就又来重读草稿，也会很乐意读到做过标记的文件。

向上修改是通过添加缺失的内容让文章得到延展，向下修改则是运用更精练的语言去加固你的想法并增强它的效果。这不是一个非此即彼的问题，当你修改时，你可能二者都要去做，去掉冗余的词句，用有力的阐述方式换掉无力的表达，寻找更好的字词、更清晰的解释以及更精确的立论方式。

写作法则之三：将你精简后的版本和之前更长的版本进行对照阅读，短的这一版要和之前的版本一样强大，但更有效果。

侧向修改时要思考文本内在的连贯和条理。设想有位编辑给你反馈了这样的信息："我想我明白你想在这里说什么，但是你在第18页讲到的这一点是紧接着第17页的论点吗？还是更接近你在第36页讲到的内容？另外，第58页的这几个段落，不是和你在第20页讲的内容相互矛盾吗？"

你写的内容不够有条理，这一点读者帮你看到了。有时候期刊编辑回应说"修改后再提交"也是这个意思。这是学术期刊审稿编辑给投稿者亮起的黄灯：我们不讨厌你的文章，很想接受它，但现在请你进行修改，然后再来敲我们的门吧。或者可能你的稿子被退回时没有很清楚的评语，只有红笔划过的痕迹。可能会有这样的评语："嗯？我不明白你这里是什么意思。"这种方式很粗鲁吗？有一点。但是意思表达得很清楚了：你的连贯性有问题，不同部分之间的衔接有问题，你把想法投向读者的方式有问题。

侧向修改是重新去思考如何接近作者信誓旦旦地要去达成的大目标："作为作者，我要把这些语句和段落组织好，将它们弄成一个连贯的与想法相关的图景。"

侧向修改有一点像向上修改，这2种方向的修改都有把不同的想法之间的过渡整理平顺的意思。向上修改填补了空缺；侧向修改则要保证你所写的内容是组合起来的，每一部分都和它前后的部分有联系，而且这种先后次序是唯一的。

好的写作是连贯的写作。但是连贯是个很棘手的概念。你写的东西越长，就越有可能有以下的风险：你笔下的文字可能会失去连贯性；不同的部分之间会缺少联系；你想让后一部分由前一部分发展而来，却发现这二者好像成了并列的关系。

向外修改是将镜头从你和你的文字这里摇开，转向你的读者。这个改变方向的信号提醒你，你在修改中所做的一切工作都是为了你脑海中那些看不到也不可知的读者。你不仅是在写作，你还在做别的东西。

在完成一本书这么长的写作项目时尤为如此。你在写书稿时很难记得自己同时也是在建构一个由想法、观念、论点、论据和数据构成的小世界。你写作项目的体量越大，就越有各个部分不能相顾的危险，至少从读者的角度来讲是这样的。修改时要让不同的部分环环相扣，以达到向外修改的目的。你的文本要致谢读者，拥抱读者。

架构技巧

不同作者的写作习惯和写作风格不同，他们修改时的习惯和风格也不同。有些人一部分一部分地来，把前前后后的打印稿都铺到桌面上来看；有些人则把过程稿都存到整理得井井有条的电子文档中，熟练地在不同的屏幕间切换，浏览并比较各个版本。有些人同时看多个版本并从中挑选最好的部分；有些人则一次只处理一个版本。有些人修改时会添加一整块内容，有些人则把一段文章打磨好几遍，一次添加几个词，这儿改改，那儿改改，直到最后所有的句子都变了样。我很同情后者，因为我就是那样的人。

结构很重要。但是和其他与写作相关的东西一样，有关结构有一个问题需要注意。作为作者，关于自己在写些什么以及为什么要写这些，我们已经对自己说过很多了。多数作者都认为自己的每一章已经既是独立的个体，又是某个整体中的一部分。（"难道我的结构还不明显吗？它是有章节的！"）但是，构建一本书时最常犯的错误就在于此：你会相信一个由若干章节构成的文本已经有了清晰的结构。

如果你认为章节就是结构的一部分，那可能是犯了同义词理解上的错误。书的一章的定义并非是在比它更长的文本中的一个8000个有序排列的文字（就好像文本是一块面包，而一章就是其中的一片似的），也不是说这8000个有序排列的文字就完全构成了某个整体（就像一个个面包屑堆不成一片面包一样）。

作品中的不同部分需要排序，这种排序也要有目的。否则，用建筑做比喻的话，作者以为的一堵墙可能会是一堆杂乱堆积着的砖块。我们都曾读过一些散文集，其中的文章似乎是各自独立的。如果这正是作者的本意，也是出版商乐于见到的效果，那自然没有问题。但是那种结构是一开始就有意为之的，不是读者决定的，更不是作者认为的统一、连贯、互相联系的结构。在音乐中，我们可能会把这种结构称为一个通节的作品，意思是作品没有分割成不同的部分，而是持续向前直到曲终。一本散文集不需要那样去做，但是一本由若干章节构成的书是需要的。

有的作者想把不同的章组成对。在有的书的目录里，有几章被分为更小的2个部分，加上"部分"或者"节"这样的标签。有人会真正被这样的目录说服而产生阅读的想法吗？那些标签只是装饰门面用的。被称作"插曲"以及其他的插入片段也是如此。问问你自己："这样的结构能够完成我本可以用持续流动的想法去表达的东西吗？"如果你倾向于把不同的章组成对，那么花点时间看一看你真正需要做的是不是要做一些侧向修改。

所有适用于写作的大图景（整体）的东西，也同样适用于其中的小图景（部分）。我们以上考虑过的有关一本书的写作的目的、问题和结构等，也同样适用于书中的每一章。我们在本书第三章中讨论过的"绘制地图"的练习，特别是利用写作靶心进行的"主题—问题—有关问题的疑问"的练习，这些对一本完整的书的写作也是适用的。

因此，从建筑学的角度去检查和修改草稿，会产出大整体，也会产出具体的、局部性的见解。

这一块儿跟前面接不上。

这一段应该从第4页挪到第2页去。

这段不对劲儿吧——可能是前面哪一稿中忘了删除的？

第9页第4段重复了第5页第2段中已经很好的一点。

这句话在这里合适吗？

第六章得跟第三章一致，而且应该把第一稿里面完全没有的那个主题写进去，把它作为新的第四章。

以上这些都和文章的行文设计以及想呈现出来的效果有关。

写作会有挑战，也会指引方向。要格外关注读者需要你去解释的部分。作者是挖掘工、建筑师、艺术家，也是绘图师。不过，最好的学术作者可能该被比喻成制图学家而非考古学家，他们要做的不仅是要挖出东西并拂去尘土，还要绘制出新的路线和新的海岸线。怎样做对你的写作最合适，怎样做对你的读者最有益，这二者之间的平衡是我们要努力去达到的。

如果这听起来像是思考写作的一种新方法，那可能是件好事。语言隐晦的现代主义诗人格特鲁德·斯泰因（Gertrude Stein）曾发问道："能做的事，为什么要做呢？"斯泰因并不是叫我们要懒惰，恰恰相反。她是想敦促我们去拥抱不可能的事情。

斯泰因的话像补品，但是你不能把补品当饭吃。我们不需要像亚里士多德那么睿智才能承认这一点：任何写出来的东西总是有开头、中间和结尾的。

有些作者从头写起，直至一稿结束。另一些作者则有可能从任何一个地方开始动笔，他们会向前写，也会向后写。我们大家有时以第一种模式写作，有时以第二种模式写作。如果在写作或者修改时有一个可遵循的系统，那会对我们有帮助。下面这个是我发现的一个格外有用的系统，我称之为"W形写作"。

夜空中最易辨认的星座之一就是仙后座，也称"马车"。

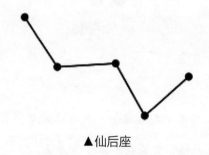

▲仙后座

"马车"这个词带有一点历史感，就是约翰·康斯特布尔（John Constable）在英国乡间作画时画的那种农夫用来运送干草的小马车。W形写作就像承载你的想法的马车，它代表了你写作时可以遵循的顺序。这个结构示意图呈现出来的写作元素的顺序稍稍有点违背我们的直觉。

这里的逻辑是怎样的？你希望你的第一直觉（也就是你最初的想法）能够被证明是具有洞察力的，你也期望你的结论能对读者具有说服力。你希望在这二者之间能建立直接的联系。"让你的结论对读者具有说服力"，这句话和具有说服力的论点有关，但是还不仅如此，它指的是要让你具有说服力的论点对你的目标读者有意义。

在W形写作中，你根据W的笔画来整理自己的思路[1]。也就是说，你要在这个字母的5个顶点做不同的事情。

▲W形写作

这种写作方法如下：

第一颗星（左上角）。先写这颗星。写出你开头的第一步，包括你的论点和重要的立场。

第二颗星（左下角）。第一笔的收尾就是你文章的

---

① 这个W模型来自我在库伯联盟学院教授一年级学生写作时的经验。这里要特别感谢工科学生贾森·贺（Jason He），感谢他在那次班级讨论中贡献的点子。

收尾。此时写下你的结论。没错，现在就要写。

第三颗星（中间）。现在，在这个W的正中间，写下所有你需要用来支撑论点以及能够指向结论的东西（这些东西你在草稿中都写过了，所以你大致知道自己的目标是什么）。中间两笔在W的这个位置交汇，代表着对论据的收集和排列，不过你也不用对这些象征意义想得太多。

第四颗星（右下角）。回到你的结论部分，根据之前写下的充实的发展阶段的内容，把结论重写一遍，让它更加合理。

第五颗星（右上角）。回到最开头，仔细检查第一段，要字斟句酌，就像你为来客做菜时要精心调整调味料那样。

这和你平时接触的五段式文章的写法差别很大。五段式文章中强调的是最中间的三个例证，这些例证证明了你之前说过并且还会在结尾再说一遍的东西。W形写作强调的则是首尾呼应。你可能会说"这很浅显啊！"是的，这样想就对了。W形写作中的所有内容都没有忽略论据的重要性，它只是敦促你去弄明白自己想要做的是什么。再来看看这个顺序：

（1）开篇。

（2）结论。

（3）整个主体部分。

（4）再次回到结论。

（5）再次回到开篇。

等到全部完成时，你就知道自己想从哪里开始了。

这里的要点是，无论是文章还是书的章节，或者任何承载着想法的、合理的写作单元，它们的结构都不仅包括形式，还包括过程。带着这个要点去做，你很可能会发现，不同类型的写作在结构上的侧重也有不同。在本章的最后，我想指出在写作的结构方面对我们所有人都是挑战的一些特点。

修改结尾

朱利安·巴恩斯（Julian Barnes）曾以《终结的感觉》（*The Sense of An Ending*）命名他的一本小说，这本小说的内容很多都与追忆有关。评论家弗兰克·克默德（Frank Kermode）的有关文学想象启示录的系列讲座也是以此为题的。我们或许也能再次套用这个题目来问问自己："一篇文章到哪里算是结束？如何结束？"或者，换一个角度，"我写的结尾行得通吗？"

在修改结尾部分时，请花一点时间在头脑中回顾一下你的草稿中的以下特点：

延缓。是的，延迟满足对读者来说可以是一种布局上的乐趣，对作者来说也是如此。延缓指的是尽量拉长一场讨论，或者一个分析，或者任何一个构成你的文章的开头和中间（不能是结尾）的部分，然后在你希望交代的地方再交代。这样一来，读者会有一种期待的感觉，然后，到了最后，作者再把它交代清楚。这和卖关子是不一样的。延缓与节奏有关，就像压缩和扩展（即向下修改和向上修改）。这样做会让人有一种感觉，就是文本知道自己要去哪里，作者又需要以怎样的速度让它去那里。写作不仅和出发有关，同样也关乎到达。

出口。修改的目的之一就是为作品找到最佳路线，这有点像在黑暗中找到出口。即使训练有素的专业作者也可能会发现最后的几句最难写。如果你为本地报纸写一篇1000字左右的专栏文章，那么最后一句只要足够有力，能让人记得住，它就是成功的，不需要在这里重新去调整你已经迅速建立起来的论点。但是，在学术文章或者图书的手稿中，知道到哪里算是结束以及如何结束，则要更为复杂。结尾是最后一个动作，是作者在消失前回头投向读者和主题的最后一瞥。无论最后的句子或段落是否还有别的功能，作者都希望它们会给读者留下一些思想以及思考的工具。那不正是你手头的写作项目的目的吗？

结尾。这里我们可以把找到写作的出口和可用性的基本概念联系起来，也和我们在本书中一直探讨的"能带走的东西"联系起来。结尾写的是已经完成的工作以及将要完成的工作。写作项目的结束可以是一个进行总结的时刻，将作者的发现、希望、担忧和梦想都壮观地交织在一起。但是结尾也不必一定如此。复杂的作品可能在写作的过程中就一直（以启示、参考和告诫的形式）在进行着某种收尾。那样做的话，可能会让文章的最后一部分显得平淡和冗余，或者不甚明确，甚至不合常规。

给一个作品收尾的方法不胜枚举，因而很难在这里列出一个有意义的清单。但是我们可以说，结尾总是会受写作的体裁、语气以及意图的影响，也会受作者的写作水平和运气的影响。

结尾的秘密（和写作中所有的"秘密"一样，是很明显的）就是作品的最后这部分需要尽到多个不同的义务。无论作者选择如何去尽到这些义务，最重要的是应该按照怎样的优先顺序去实现它们：结尾首先是要表达作者的想法，然后面向读者，最终会回到作者本人。因此，无论结尾部分是什么样的，它首先要为作品所表达的想法服务，你，甚至是你的读者，都需要先退后。

从这个角度来看，写作就和抚养孩子，或者照顾其他亲人，或者喂养宠物是一样的。当你做出承诺要添加（孩子这个）家庭成员时，你的所得会伴随着对另一些东西的放弃。你的生命变得更加丰富，原因在于你在照料另一个生命，或者至少有时你需要将他人的利益放到自己的利益之前。

当你全身心地投入到写作中时，你会消失在自己的材料中。不仅是在材料中，你还会消失在你的想法中，会投入为了解决自己兴致勃勃地发现的问题而进行的战斗中去。当然，你是为读者写作的，另外，不用说我们也知道，某种意义上所有的作者也都是自己的读者。但是写作中最基本的互动，我们可以叫作"主要对话"，是在作者和作者的想法之间发生的。其他都是次要的，因为假如主要对话不够强大，或者不够有趣，或者（因为你和你的想法不够"健谈"的缘故）压根就不存在的话，那在写作中你就没有其他事情可做了，而且也没有办法去做任何事了。因此，作品的结尾应该关注其中心思想，同时也要关注如何实现将它散播到世界中这个目的。

结尾也是写给读者的。如果作者阐述想法的过程足够精心，那么读者从头到尾一路上都得到了悉心的"看顾"，接受结论就是顺理成章的。作者其他什么都不必再做。

那么，作者呢？对他们而言，结尾又意味着什么？毋庸置疑的是，作品最终还是和作者相关的，但它并不是为了作者而写的。作品来自作者，其中的思想是作者奉献给世界的礼物。

因此，从某种层面来看，你写的任何东西都是你的广义自传的一部分，但这并非是说它就是你写给自己的有关自己的东西。说它带有自传性质是出于2个原因：它占据了你生命中不小的一部分；你对某个主题很有兴趣这个事实也是你的智力特征甚至是情感特征的一部分。你所写的并非是你，但同时又有一些地方与你相关。

凡事都有它的季节。耕种有时，收获有时，万事皆如此。诚然，修改有时，停止修改亦有时。知道什么时候停止也是对作者的耐心、直觉和精力的考验。这几点是一起发挥作用的。在修改中，我们所说的直觉指的是一系列东西的结合体：知道你尚有其他可说，还是已经词穷；知道你是否还有继续对文字进行重组或增删的时间；知道你是否还有胃口能做下去。

乔治·普林普顿（George Plimpton，美国记者）曾在20世纪50年代采访过海明威。以下是他们对话的一部分：

海明威：《永别了，武器》（*A Farewell to Arms*）的结尾，最后那页，我重写了39次才满意。

普林普顿：是有什么技术上的问题吗？是什么难倒了你？

海明威：是找到合适的词儿。

成功的修改可能意味着要到达这样一种写作状态，就是你觉得（至少当时觉得）这是你写得最好的东西了。但是成功的修改不一定都会让你有这种感觉。

这并不仅是因为我们不是海明威（顺便说一句，我从来没想过要成为海明威）。有时候你的修改无法继续进行，而且也不该继续进行。可能此时的版本并不完美，它只是比你的初稿要好不少。有时，有的作者可能修改了一遍又一遍，但最终还是回到了最初的模样。

有经验的作者都明白，所有的作者都是有极限的，无论他们有多高的天分，多大的抱负，也无论他们从事的领域和写作的体裁是什么。《最蓝的眼睛》（*The Bluest Eye*）的作者托妮·莫里森（Toni Morrison）在兰登书屋（Random House）的经历让她的处境比较特殊。她曾经白天在那里做出版方面的工作，业余时间用来写作。莫里森能够全方面地了解写作的整个过程，她是大作家中罕有的例子。

莫里森曾承认说有的东西她曾经修改过"6次、7次、13次"（所以你没理由抱怨自己还要修改第4次）。这很好地提醒了我们，修改有时就是意味着一遍，一遍，又一遍。但是她还说了一条我们都可以记到心里去的建议：修改，但不要纠结。她说："在修改和那种想要硬扛到底的纠结之间是有一条界线的。最好你能意识到自己什么时候是开始纠结了。当因为进行不下去而纠结时，你最好就放弃吧。"

进行不下去时不要纠结。写作要能进行下去，要能起到作用。如果你没法继续，那么，无论是为你自己还是为了你的读者，你都需要换个东西去做了，不要继续试图去搞定它。

我不喜欢放弃写过的内容，对那些我认为不能起到作用的部分，我会尽我所能去挽救它或者重新去找到它存在的意义。有时候我的解决方案是把章节再分得小一点、多一点，这样我就有更多的机会来进行收尾，有更多的节奏、更多的终尾、更多的出口。当一个本来要被删掉的句子摇身一变，能够让一个未完成的章节完美收尾时，那真是写作中的魔法。写作并不是只有一次终止，它可以一次又一次地暂时收尾，这也就意味着作者有机会一次又一次地去让某个想法"着陆"。我们怎样结束一章（或者更长的一个部分），可能会是我们最具影响力的写作时刻。借用体操上的术语：跳马选手的空中动作可能会令人眼花缭乱，显示出选手高超的勇气和技巧，但是，很大程度上他们的成功与否，还要靠落地时的一锤定音。

莫里森有关适时停手的明智告诫也许不够科学，但却充满智慧。不存在一个量表去告诉你该在什么时候停止修改。你得自己去找到那个点。要想来一个漂亮的落地动作，首先你得让自己知道你是需要落地的。

设计有用的结构

在托马斯小火车（Thomas the Tank Engine）系列绘本中，托马斯和他的小火车小伙伴们被称作"真正有用的小火车"。为了向托马斯小火车致敬，作曲家安德鲁·劳埃德·韦伯（Andrew Lloyd Webber）爵士将他的制作公司命名为"真正有用集团"（Really Useful Group）。在写作中，好的结构也是有用的，是真正有用的。

当一部作品的外形能够承载作者的思想时，我们就可以说它的结构是好的，是有用的。这有一部分是与"搭建的技术"以及"所用的材料"有关。作品的结构要给读者以信心。你希望读者能感觉到将篇章组织起来的是一双娴熟的手；你希望他们觉得承载着想法的文字的形状是清晰的；你希望他们能看到作品自开头而起到结尾而终，各部分内容有紧密的联系。你想要的是能够让你的文字和读者都能安然在其中的结构。

人们总是觉得一篇文章的外形没有它的思想那么重要。这样的想法让写作中的组织结构变成了一种"秘密武器"。通过创建小标题有意地控制段落的篇幅，并打磨有效的开头和结尾，你就能塑造你的文章的"形体"，同时也能塑造读者对文章的回应。

写作中的结构并不是僵化的，就像人们不会在游览一幢美轮美奂的建筑时，只会驻足在某一个点，眼睛直勾勾地向前看一样。我们往往可能意识不到，人们在建筑环境中游走时，他们的活动本身也是建筑设计的一部分。

建筑结构能够顺应人们的许多需求，包括在其中进行活动的需求。我们继续来把由语言构成的结构比作建筑环境的结构，将这二者都看作动态而非静止的。作者在遣词造句、组段成章时，也要将读者动态的阅读体验添加到其中。因此，结构既是固定的，又是流动的，正如空间既是一个地方，又是能够在这个地方内移动的点一样。

优秀的建筑师会顺应场所的需求（位置、与天地以及其他建筑之间的关系）以及将要使用该建筑的社区的需求。优秀的建筑师不会只考虑结构本身，而忽视了那些要在其中居住和活动的人。

社区、居民、读者，为他们盖一座合适的房子吧：在架构作品的过程中，要关注那些你邀请来使用它的人。因此，在那3个以A开头的关键词（论点、结构和读者）中，读者是最重要的。现在就让我们把注意力转向读者。

第六章　心存读者

写作这件事不适合对书的前景不看好的人来做。假如你相信"现在没有人看书了"这种话，那你怎么还会花时间写作呢？没有人看，那还修改什么呢？

确实，如今的阅读和过去不一样了，但是总的来说，这也许还是一件很好的事。我们现在能读的东西比过去多得多，读起来也比过去容易得多。我能查阅来自美国国际馆藏的数字化文档，能通过西文过刊全文库（Journal Storage，简称JSTOR，一个对过期期刊进行数字化的非营利性机构）下载学术论文，能利用同事的电子图书馆账号去获取必要的参考资料，也能读到慷慨大方的出版社和作者们提供的免费下载资源，还能买到大量可以用电子阅读器进行阅读的作品。更妙的是，所有这些，我都可以坐在家里的小桌边进行。做这些的同时，我还可以瞧瞧鸽子，或者瞧瞧那些偶尔驻足、我乐于见到却又叫不出名字的鸟儿。

　　书籍历史领域研究的是书籍与阅读的未来，因此这个领域的研究与读者相关。纸质书可不单单是一项技术，但它也可以只是一项技术。书籍、期刊和报纸是运用技术来进行信息传递的工具，在我们现在的数字时代，传递信息的工具就更多了。数字传递工具更迅速、更灵活，在有些方面也更为轻便。但是在有些方面就不是了，纸质书还是很难被替代的。[①]

　　是的，现在的阅读和以前不一样了。过去费很大的周折才能找到的材料（还经常找不到），现在上网搜索几秒就能找到。现在我们教学的方式不一样，写作的方式也不一样了。如今读者的注意力更难持续，倒不是因为现在的读者没有读过你当年读的书（或者是没有经历过你那样的时代），而是因为我们现在置身于信息的汪洋大海中。与其说写作像是我们想游过去并上岸的一个岛屿，倒不如说是像一群鱼——形态不定，充满变数和无尽的可能。读者需要限制自

---

　　① 探讨何为书籍的书有很多，可以读一读利娅·普赖斯（Leah Price）的《当我们谈论书籍时我们在谈论什么》（*What We Talk about When We Talk about Books*）和艾玛兰斯·博苏克（Amaranth Borsuk）的《书籍》（*The Book*）。

己并做出很具体的选择，才有可能读到你的作品。为今天的读者写作和为20世纪50年代或20世纪80年代的读者写作可不一样。现在的阅读更像一场寻找合作伙伴的游戏。

不过，人类总是需要通过语言和写作进行沟通的，这点依然未变。这里说的沟通不仅是指自作者而始，还包括至读者而终。我在举办学术写作工作坊的时候，常常说我所讲授的是"婴儿现象学"（其实我不是很肯定这个词是不是这个意思，但我是这么用它的），其原则是我说了什么不重要，重要的是你听到了什么。大家听我这么说，往往会笑起来。我希望他们是因为这句话很像那么回事而笑的。不过，要说到修改的核心，这句话可确实是真的。修改时最紧要的，不是文中的研究，不是要传达的知识，不是对内容做出的明智筛选，甚至也不是对结果的精心组织，而是你的读者能收获什么，尽管他们的收获可能不会立竿见影，不能读一遍你的文章就有进益。

读者可能需要多次认真阅读你精心写就的内容才能有所收获。但是你要知道，修改的要点是要让读者参与进来，没有参与，没有读者，你的作品就只能坐冷板凳了。济慈在长诗《拉弥亚》（*Lamia*）中用"煤渣、灰烬和尘土"这样冰冷的字眼来形容爱而不得的恋人的命运，一本没有读者的书同样悲惨，与灰尘也就很相似了。

我们前面一直在讨论的种种，比如如何紧扣你想沟通的内容，如何找到合适的结构去支撑和展示内容等，无一不指向读者的重要性。虽然你与读者素未谋面，但他们都是你的读者。你为他们写作，必然也为他们修改。只是你看不到他们而已。

正因为看不到他们，你就得尽力做到最好。对基于学术研究而进行写作的作者而言，要把读者放在靠前的地位是很难的。要让读者的优先级高于（至少是作者觉得的）有趣的发现或者强大的理论，这点很有挑战性。但是没有什么东西的重要性能大得过读者。

有一点我们要明确，这里不是说发现或者理论不重要，毕竟它们是学术写作的核心。也不是要批评细致专业且一丝不苟的研究。我在这里表达的只是一个请求，也是本书反复在说的一个请求：无论你写的是什么，请用叙事来中和分析与论证。

叙事是某种线索，但并非每个线索都是叙事。当人们谈论写作时，他们常常会谈论贯穿文本的多条线索，这些线索将散落的点联系起来。历史上没有什么时期（包括纺织厂发展的鼎盛时期）会让"线"这个字眼比在社交媒体如此发达的今天更为醒目。我们要通过回复邮件主题加入同主题邮件的这条"线"中，要看清楚社交网站上自某个主题开始，沿着各个线路发散开来的留言和回复，所以我们对用"线"这个词来表示联系已经很习以为常了。线，是我们给连接一个个帖子回复的那个无形的联动装置起的名字。

人们根据事实和观察能够写出新闻报道，而从新闻报道中又能发展出故事来，记者们若深知这一点的重要性，便会很乐意把某个事件进行"故事化"（storify）处理。[①]社交媒体的粉丝们则会把博客或其他平台里的内容演化成故事，或者至少是演化成某种具有前因后果的，能够推理出叙事线索的东西来。

线索也可能是指非常微弱的联系，就像格林童话里的小兄妹韩赛尔（Hansel）与葛雷特（Gretel）的面包屑一样。他们本来可以沿着撒在地上的面包屑进出森林。假如小鸟没把那些面包屑吃掉的话，这样微弱的线索对他们来说也足够了。但是故事和叙事能提供的线索要比面包屑能提供的多得多。大幕拉开，故事上演，面包屑连成了路，两个小孩子被

---

① "storify"这个词也可以指将2011—2018年发布到各种社交媒体上的分散的信息进行筛选并组织成"故事流"的工具。

遗弃在森林里。这些只是为叙事设立了场景。在叙事中，每个行动都是有其后果的。

如果要叙事和讲故事的话，你需要找一找你的研究主题中带有的戏剧化属性。读者想通过阅读知道下一步会发生什么，某个想法之后的下一个想法是什么，某个理论又是如何衍生发展而自立于世的。想要写得好，就要听你的文本中的各个要素，不仅要听字词，还要听将故事继续下去的"演员"（概念等文章的组成成分）以及你的论点发出的各种声音。

为什么本书总是在强调听呢？因为无论你写到纸上还是输入到屏幕上电子文档中的内容是什么，无论出版商做出了多大的努力将你写的内容以最合宜的形式呈现出来，如果没有读者，那么一切都是空。

"记得读者"和"记得密码"可不是一回事。心存读者需要的是"前瞻性记忆"。你得记住他们是会出现的，要尽你所能去做准备，好迎接他们的到来。心存读者就像是在做好准备迎接同伴，迎接那些有点急切，有点好奇，又有点挑剔的同伴。

读者会改变作者写作的内容和出版社出版的内容。你阅读时，曾经在书的空白处做过笔记吗？我们做笔记有时是为了改正书中的一个错别字，有时是为了提醒自己以后还需要回头再看看某段内容，有时我们做的笔记内容就更多了：我们可能会想写给作者看，和他就不同的观点进行辩论，或者给他提议我们认为更好的措辞。你曾经在电子书上进行标注，写下过与作者相反的观点吗？这是读者对作者所写的内容进行思考的表现，这难道不正是作者所期望的吗？从这个角度来看，作者出版的作品，其性质介于宣言和建议之间，与其说它是正式的文件，不如说它更像是演员的脚本。

你写的东西，那些你辛辛苦苦确定下来的，本以为很安全的文本，突然间就变成了不那么长久的东西，变成了人们可以从不同角度来理解的东西。文本是流动的、变化的，是读者基于作者所写的内容而造就的。

如果这是真的，那么作为作者，你要做的所有的事情都要以能让读者从你的文字中获益为基准。如果你认真地朝着这个方向去努力，那么你写作的方式和内容都会大有不同。包括你的选题、写作方法和外在形式的设计，还有你如何组织并呈现想法使其更容易被读者理解、如何修改、如何改进文章的结构来吸引读者。以上这些都会发生变化。

为读者而写作并非是要你想象有成千上万的人都在那里。那样想的话就太过抽象了，而且坦白地说，那样的概念也没有什么用处。我们要想象的，是一个又一个真实具体的，对我们写作的主题饶有兴趣的读者。

当然，那些读者并不相同，每位都是独一无二的。作为作者的你，要设法去触及每一位这样独一无二的，既真实又未知的读者。那么，你该怎样去做到这一点呢？

如果你一直在打磨论点，让它足够清晰，那么你这么做的目的是让自己最后能非常清晰地知道你的论点到底是什么，同时也是让读者能够知道这个论点是什么。

你一遍又一遍地重新组织自己的文章，重新思考它的结构。你一直在这样做，好让论点更加清晰，让你的读者有参与到其中的感觉。他们会觉得自己读得很舒服，即使在阅读时遇到挑战，也会觉得受到了鼓励。那么，你应该让读者感觉到挑战吗？当然了。但是在某种意义上，你得把读者想要的东西提供给他们。

读者想要什么

那么，读者想要的到底是什么呢？乐趣？兴奋？刺激？辩论？还是答案？以下是读者想要的一些东西：

（1）能反复回味的东西。粗略地讲，读者需要的是一个想法。一个想法自身成不了一本书，甚至也成不了一篇文章，但是一篇文章或一本书中如果连一个想法都没有，那无疑是令人失望的。读者需要感受到你的作品中有实实在在的东西，那个东西值得他们花时间去思考。有些很不错的手稿什么都做到了，但却没有解释清楚其中的利害关系以及为什么它值得读者去关注。无论采用什么方式，你都要让读者清楚地知道，你的作品对你们双方都是很有价值的。

（2）能让人往下读的东西。人们为何阅读？答案会有很多种。但是如果你将某个东西付诸文字，那么无论主题是什么，读者多半会期待能读到一个有趣的故事。当然，有很多主题乍一看并不适合去讲"故事"，但不管怎样，请你努力去找到主题中的某种联系，让它能够抓住读者的注意力。

故事是有顺序的。即使是那些不按事情本身的先后顺序来讲的故事，它们也有自己的顺序。写作时你就当读者会按照你编排好的顺序来阅读，但是如果读者对某一部分一掠而过，或是跳跃式地阅读，你也不要惊讶。这并不意味着你写得不好，或者是读者太懒惰或不专心。

你有没有这样看过书：一目十行地浏览，只为看到结局？阅读刑侦小说时一个劲儿地往后翻，想找到谁才是凶手？或者，从某篇学术论文的摘要部分直接跳到最后一个小标题"结论"那里？那篇论文的结论是该研究团队通过整合数据得来的，他们很努力地提供了应有的细节，这些细节的排列顺序合乎逻辑，具有说服力。这也是一种"故事"。即使是进行定量分析研究的作者，他也会很认真地思考怎么去讲好它：先解释清楚研究方法和实验计划，然后才是解释实验结果。只要我们肯这样想，分析研究本身就是一种叙事。无论是讲故事，还是支撑论点，或是塑造人物，这些都需要有空间和时间上的延伸，学术分析类的作品也是如此。你无法强求读者按顺序去阅读每一页，但是在写作时，你要当作他们会按顺序往下读，这样你就能写出吸引读者注意力的作品了。

（3）你的关注。说读者希望得到你的关注，这听起来好像是说反了。我们不妨这样想：如果你在写东西，你其实就是在请求读者花时间来阅读，而他们本可以用这些时间去做别的事情。你不仅要为读者提供文本，还要邀请他们参与到文本中。关注读者，要像好客的主人对待客人那样，为他们续满酒杯，递送点心。

说到底，好的老师并不是只要学生去关注他们，他们也会关注学生。而学术作者一直都是老师，在线上的课堂里是老师，在线下教室的黑板前也是老师。

学术写作若只是声明论点和提供足够的支撑细节，那是远远不够的，即使这听起来像是学术的基本做派。说来有点意思，学者真正擅长去做的，还就是关注：他们要看到从注意力的缝隙中溜走的细节；4等于2与2相加，只是一种可能的答案（3+1行不行呢？）；用新的方法（涉及数字分析、前沿科技、社会理论等）回顾旧的问题，从而去发现之前没有看到的东西。

在人文学科工作的人们早已吸收内化了"仔细阅读"的价值。毫不夸张地说，任何领域的学术研究都是某种形式的仔细阅读。如果有人问一个学术研究者："你是做什么的？"，那么这个人得到的回答可以是："我是职业关注家。"

关注读者，将他们放到写作项目的中心地位，此时好的写作（特别是好的学术写作）才会发生。

要做到关注读者，你需要做好几件事。要确定好写作项目的基调，这一点的意思是说，你需要拿捏好传送信息时使用的语言的正式程度。学术作品与读者之间有着某种不成文的约定：作者要告诉读者那些读者不知道的东西（否则读者为什么要去读呢？），但是同时，作者也要依靠读者对该主题的历史或上下文的熟悉程度来保证读者能够理解和运用作者讲述的内容。

因此这里就有些棘手。你想要承认读者知道你认为他们知道的那些东西，但是你又想不动声色地（因为不想让自己或读者显得不聪明）做到这一点。当然，你不会有意去写一些听起来像是看轻读者，或者显得自己高高在上的话。读者又不傻，他们不想感觉到你是在屈尊俯就他们。但是，使用普通的日常语言也不是不可以，只要你觉得它们与你的主题以及目标读者是合宜的就行。你的直觉有时会让你偏向选择较通俗的语言，如果你觉得日常语言很对路，那就大胆使用它们。事实上，你越能够用日常语言讲清楚自己研究的主题或问题，你的读者群可能就越大。你用的语言越专业，你的读者群也会越专业（这里的专业和"小"是一个意思）。作者总是要做出选择，他们必须如此。

在大声朗读草稿的时候，你特别要注意去听那些自己觉得可能会被误解的地方。这并不是说你这么做就一定能消除所有的误解，但是如果你给了自己这样的任务，就会有更多的机会去避免掉进"被误解"这个坑里。

（4）连接起来的点。在上一章我们讨论了写作的结构，讨论了结构并非是论证的结果，但至少是和论证一起发挥作用的。要让读者能够找到章与章之间、节与节之间的联系。

不要把一章写得太长（比如长达75页），那只能表明你还没有想出来你的写作项目要采用怎样的结构。（"我有很多要说的"不能成为再写20页的理由。）想想你期望读者花多长时间阅读一章的内容。有一条经验法则：较长的、由多个部分构成的写作项目中的一章，它的长度应该是读者能坐下来一次性读完的。最好考虑一下读者的"久坐不动"（sitzfleisch，德语）能力怎么样。这个词我们还可以翻译成"臀肌耐受度"，但我们还是大方一些，就不要太为难读者的臀肌了。

（5）平滑的感觉。点与点都连接起来了，读者就可以心无旁骛地跟着作品的路线往下走了。有些研究写作的作家会谈起"平滑"这个词。远在数据分析理论将平滑及平滑算法的概念推广之前，"平滑"这个词就已经在英语中被用了好几个世纪了。平滑函数使我们能够更好地了解某个数据集的情况，而不必分心在不规则出现的，我们称之为"噪声值"的点上。与数据分析师一样，读者希望在获取论点和想法时能尽量减少无关的"噪声"的干扰。

但是读者希望书页或屏幕上有鲜活的声音，他们希望听到语言平滑地流动向前。让语言能够做到这一点的一个方法是，你的措辞要比最简洁的方式稍微啰唆一点点。

我们来做个实验。随便拿出你写完的一个段落，用尽量简洁的方式把它重写一遍。现在你改写后的东西可能就像写作中的"速冻食品"：营养可能还在，但是味道就没那么可口了。把这个"速冻"段落与你原来的版本比较一下，看看你从原来的版本里去掉了什么？确切地说，你去掉的可能不是冗余信息或是不必要的话，而是使文字足够丰盈水润的那部分。这些"保湿"的笔触给文章注入了活力，吸引了读者，使行文容易达到想要的平滑的效果。只有你觉得这些文字确实没用时，它们才是没用的。

以上这5个可靠的写作特点反映出了作者眼中（理想）的读者：足够聪敏、饶有兴趣、参与度高。

我们把"读者"换一种说法，他们就是和你一样的人，只不过他们并不是你。他们希望参与其中，希望得到作者的尊重和慷慨相待。听听你想从阅读中得到什么，然后尽最大努力让你的读者也能得到。比如组织好有力的论点、合理的想法以及必需的例子，删掉那些无关的例子、不合适的想法和不够有力的论点。那么，是什么能将上述这些都联系到一起呢？那就是我们称之为"作者的'声音'"的东西。

你在写作中的声音

"声音"在学术写作中是一个挺不好界定的概念，但是它却能决定一本书受欢迎的程度。你写作时的声音是哪一种呢？是权威式的吗？（还是等最需要的时候再采用这种声音吧，而且得记得不要"大声嚷"。声音大可不能代表有权威，那只是声音大而已。）学院式的？（也不要太不正式，否则权威性就会打折扣。）非专家式的？（对非专业的读者可以，但是对专业读者就少见了。）你觉得自己在写作时文笔咄咄逼人吗？（有时候还真是需要这种感觉。）或是像激烈的争论中那个息事宁人的角色？（你的确是位好人，至少在这种时候是的。）你的声音里带有私密、亲密和自白的感觉吗？（也不错，但是你把自己暴露得那么多会得到什么好处呢？）

声音包含立场、视角、态度以及你讲述的方式。这是你选择发出的声音，也是所有这些元素的叠加或产生的结果。当你仔细地关注自己笔下所有可能的风格特征——词语、语气和信息含量、语言风格等的选择（正式还是非正式）时，你就是在关注声音了。

声音很关键，但是为什么它那么不好界定呢？当研究写作的作家说起怎样能写出一本好书时，他们首先会强调作者的声音。我的感觉是，之所以他们这么看重声音，恰恰是因为声音太难辨认了。

　　当然我并不责怪他们。有关写作与声音的认真讨论非常多，但几乎都来自虚构作品的作者。朱莉·维尔德哈伯（Julie Wildhaber）以"语法女孩"（Grammar Girl）的身份在网上给人提供写作建议，她有一个很生动的说法：声音是"一篇文字作品或其他任何创造性作品所具有的独特的个性、风格或观点。"她这样解释道：

　　　　声音很重要，因为你的作品应该和你这个人一样富有个性。你大概也读过一些没有个性的作品，就像是某个委员会写出来的一样，那种阅读体验可不好玩。强有力的声音能让你写下的每个字都算数，能让你的作品具有连贯性，最重要的是，它能帮助你吸引读者的注意力并与他们建立联系。

　　维尔德哈伯对声音的推崇很合理，但是对学术作者来说，这里还需要进行一些分析。我们对"吸引注意力"这个说法感到紧张，对让自己的作品有趣这一点尤为紧张。但是学术作者比一般读者更清楚委员会写出来的东西是什么样的。声音是人的情感、个性、存在感，它能使你的文字充满活力。我们想对作者，特别是学术作者们说："要写得人性化一些。"

那么，人性化的作品听起来是什么样子呢？应该会有一种自然的感觉，没有强装可爱、故弄玄虚或者过于随意，因为学术作者会觉得那样显得不真诚，甚至有点居高临下、屈尊俯就的感觉。在写作时要做到自然并不容易，更不用说既自然又专业，既有条理又有说服力。但是这就是学术作者的任务。①

这种很难达成的自然的感觉，是使艺术变得无痕的艺术。这虽然很难，但却是最大限度地扩宽读者群并使读者参与到作者的写作内容中去的必要条件。

然而，就声音而言，学者似乎往往被鼓励着要降低它在写作中的作用。比如："不要那么大声，小心有人会听到文章背后的你。"我们不是都知道人们希望我们听起来正式、专业和中立吗？好吧，也许是这样的。

当人们谈起面向一般读者的图书时，"作者的声音"这

---

① 关于强装可爱、故弄玄虚、过于随意以及其他一些容易被忽视的写作现象，参见塞宁·盖（Sianne Ngai）的2本书：《我们的审美类型：滑稽，可爱与有趣》（*Our Aesthetic Categories: Zany, Cute, Interesting*）和《花招理论：审美判断和资本主义形式》（*Theory of the Gimmick: Aesthetic Judgment and Capitalist Form*）。

个概念感觉会更自然，也更容易应用，但谈起学术作品则不然。学者总是对声音这个想法感到紧张，就好像声音这个对大众类图书如此重要的东西，不能或者不该对学术作者也那么重要似的。

"要像那样写吗？"你可能会这样想，就好像在学术写作中也有剧院艺术中所说的第四堵墙①，把作者和读者分开似的。但是，在写作中善于分析并且呈现自己，这是有可能做到的。保持客观的价值是有可能做到的。做一个在写作中还能保持客观价值的人，这也是有可能做到的。

有的学者写作技能高超而且很有抱负，他们能驾驭研究专著，也能写出获奖的非虚构类畅销书。也有的学者已经将精力从学术体裁转开，以学者的身份去重新进行虚构类或混合类体裁的写作，这是打破舒适区的跨界尝试。

在瓦萨学院（Vassar College）任教的阿米塔瓦·库马尔（Amitava Kumar）著作颇多。他的每一本书似乎都以不同的方式冲破体裁的界限。在为数不多的关于写作建议方面

---

① 第四堵墙是一个戏剧术语，一般一个舞台的内景只有三面墙，面对观众席的那面在物理意义上不存在的"墙"，就被称为"第四堵墙"。——译者注

的书中，他的《每天我都在写这本书：关于风格的笔记》（*Every Day I Write the Book: Notes on Style*）应该占有一席之地。作为作家，他并不是一个直接给出答案的老师。"写作指南让你要'找到自己的声音'。但是，这话是什么意思呢？我们最好从更小也更具体的地方开始：先'找到你的主题'"。①

我赞赏并同意他提出的对"找到自己的声音"的困惑。是的，要先找到你的主题，但是这之后就要针对主题提问。想想你会提出怎样的问题以及那些问题对你的读者意味着什么。

说到声音的问题，我倒不能肯定作者是不是真的能"找到"它。我更倾向于作者要先对可能采用什么方式来讲述事情有一种直觉，再思考这种直觉如何在限定的体裁内进行发挥。如果我的想法是对的，那么写作既是要发出你自己的声音，又是要找到这个声音。

不过，我们仍然可以在不同类型的学术写作之间以及可

---

① 库马尔在这本书中强调"声音"，该书让读者"去思考学术写作，思考那些难以分类的、具有新的挑战性的、以创造性而著称的学术写作。"

采用的不同声音之间做出一些有用的区分①。学术写作是在特定的圈子里进行的。设想一下，你正在为一场社会语言学会议撰写一篇有关"黑人的命也是命"与"所有的生命都重要"的文章。你的会议发言并不会探询双方的信息是否有重叠的地方，你要研究的是那些社会经济条件，它们决定了人们认为自己听到这2种观点时会有怎样的想法。

你在准备会议发言时，会对自己的分析加以调整，这种调整是基于专业社会语言学家有共用的分析工具这一假设来进行的。这些工具使他们能够理解你学术性的口头展示，也使你尽可能地从技术细节上深入主题。你的听众有共同的知识储备和理解能力，因而你在会议论文中发出的声音，是根据参会的听众做出了调整的。

你的会议发言很成功，6个月之后，你计划向语言学期刊投稿。这时你会将论点的细节发展得更为充分，并提供相

①T. S. 艾略特（T. S. Eliot）的《荒原》（*The Waste Land*）原名是《他用不同的声音表演警察》（*He Do the Police in Different Voices*），这个名字出自狄更斯的《我们共同的朋友》（*Our Mutual Friend*）。在狄更斯的这本小说中，斯洛皮（Sloppy）这个角色"很会读报纸，他用不同的声音表演警察。"用不同的声音读自己的草稿，可能会听出你在作品和读者之间建立的关系发生着怎样的变化。

关的支撑文献。你要做这些工作，是因为你的学者同行阅读你的文章时会缓慢而仔细。

只有缺乏经验的发言者才会忽略口头文本和书面文本的差别。在早先，口头展示要有特定的结构和特点：从句要少、句子要短，可能有一些口头上进行的强调。相比而言，期刊论文的读者则能阅读较长、较复杂的句子。作者能够从视觉上去引导读者的注意力（用斜体、粗体，段落的首行缩进等），这些是站在讲台上的发言者没法做到的。[1]而且，更重要的是，你还可以通过添加脚注来深化论点，就论点的非主要的特征表达你的立场。

但是，假如在前面那场发言后，你下一步不是要为某个特定的期刊投稿呢？假如你下一步要面对的是不一样的非专业的读者或听众呢？

会议发言大获成功后，你受到鼓舞，想把它加工成《纽

---

[1] 自打麦克风诞生以来，演示文稿（PowerPoint）是让公共演说方式发生最大变化的工具之一，但是它并不能很好地为发言者和听众服务。我要说，演示文稿在电子显示方面提供的便利很容易就被由它培养出来的糟糕的公共演说技巧抵消了。是的，你讲话时可以使用图片，但是图片从来都不能替代你自己发出的声音。演示文稿是很便利的助手，但也是糟糕的"演讲者"。

约时报》（ *The New York Times* ）的专栏文章。从会议发言到专栏文章，其间要经过怎样的变化呢？总的长度要大大缩减，句子层面的复杂度要进行推敲。你会重新审视文章的布局和设计。你要努力去听自己用来表达观点的语言，这次的读者并不需要你做那么多技术层面的论证。突然之间，你是以社会语言学家的身份就世界范围内一个紧迫的话题在进行写作，而不是在坐满了专家同行的研讨室内侃侃而谈。

这篇专栏文章引起了出版商的注意，他们向你提供了一份普及版图书的合同。报酬不错，档期很紧，并且有计划对其进行媒体宣传。要写这样一本书，从论证到背景，各方面你都需要做更多的工作。但是你仍然需要用你写专栏文章时的声音来发声，同时要保持能够吸引出版商眼球的水准。

或者说，是能够吸引出版商耳朵的水准。如果你的作品火了，那只是因为它的内容，还是因为你呈现它的方式呢？你如何让保持专业性、权威性与能够吸引非专业人士甚至是大众读者这两方面达到平衡呢？

假如你有幸与一位优秀的编辑合作，他会投入而且专业地阅读你的作品，那么，除专业的审稿意见之外，你还能从编辑的阅读中获益。无论是在你的专业之内还是在你的专业之外，好的读者不仅会对作品的内容和论点有感应，还会对作品中的声音有感应。如果你在处理编辑或读者的阅读反馈，你会对作品进行修改。在修改的过程中，要努力去听到自己的声音，而不仅是自己传递的信息。

行话

我们还没有提到行文中的行话这个棘手的问题，对这个问题我们在这里也不会讨论太久。行话和套话往往是相关的：前者晦涩（是有意的高深），后者陈腐（是无意的空泛）。在写作中像用扫帚扫去烟囱中的煤灰一样去清扫，就能去除空泛的套话（如今你可能不大会说"易如反掌"这样的话了，但是"它为自己代言"这样的话也已经被用滥了）。行话的情况比套话更复杂。

人们对行话很反感，而且好像一贯如此。14世纪时人们已经将这个词看作是无意义的标志了。杰弗雷·乔叟（Geoffrey Chaucer，英国诗人，被后人誉为"英国诗歌之父"）曾用这个词来指代《牛津英语词典》里定义的"难以听辨的鸟语，或者类似的声音。（也许对我们而言是难以听辨的，但是鸟儿当然不会这样想了。）"

在大多数领域中，技术性语言是必然存在的。你可能会指出我们有权使用有时被称作"技术术语"的词，以此来回应对行话的指责。①这个说法似乎不好反驳。技术术语指的是在某一个专业或领域内大家都能理解的表达，而在该专业或领域外就不一定能被人理解了。这不正像是某种排外的内部话语吗？比如我发明的这个例子（我说"发明"，是因为我改动了其中的人名）："在年会上，副主席史密斯（Smith）表扬了该部门对销售队伍规模进行的合理调整。"②那么，作者应该如何对待行话呢？行话是能帮助你拉近和读者的距离，还是在你与读者之间架设了障碍？

我们在这里借用社会科学的一对术语来帮助理解：内源性特征（指的是系统内部的特征）和外源性特征（指的是系统之外的特征）。所以有一些行话是你和你的团队内部使用的，我们可以将其描述为内源性的，还有一些行话是在你和你的团队之外的，我们可以将其理解为外源性的。这里我们

---

① 有关学者们与行话的矛盾关系，见玛乔丽·加伯（Marjorie Garber）的《学术的本能》（*Academic Instincts*）。

② 《牛津英语词典》中的"art"这个词条（第10个义项的c）的示例引用了迈克尔·刘易斯（Michael Lewis）的《新事物：硅谷故事》（*The New New Thing*：*A Silicon Valley Story*）中的句子："'商业模式'是互联网繁荣的核心技术术语之一。"当然，西奥多·阿多诺（Theodor Adorno，德国哲学家）警告过我们关于在《本真性的行话》（*Jargon of Authenticity*）一书中给过我们警告，但我们似乎没有听进去。

215

说的团队就是你的读者群。你会在写作中用到"对话体"和"目的论"这样的词吗？（我举2个不那么极端的例子。）如果你用了但没人觉得费解，那么你用的就是内源性行话。你说的是圈内话，大家都明白。但是如果你在别的语境（比如一篇发表在大众杂志里的关于美国原住民饮食方式的文章）中使用了这2个词，那你就很有可能把外源性行话拿到大众眼前用了。

"情人眼里出西施。"（是的，这是一句老套的话）。或者，换句话说，行话只在内行人的耳中以及他们对话语的假设中（是的，这句相当有行话的味道）。

那么，行话就不好吗？那要看情况了。我们每天都会遇到不熟悉的技术术语。如果一点专门性的术语都不用的话，在沟通复杂的想法时就会很困难，甚至不大可能。当我们说某个词是行话时，我们实际上是指它是外源性的，我们不喜欢它，因为它听起来带有没有必要的复杂、费解，或者不自然感。又或者说得简单一些，文章中出现的这种专业性的词语，就像是在沙地上画了一条线，分开了想继续读下去的读者和读不下去想离开的读者。

行话如果用得恰当，就会让合适的读者群感觉到必要的专业性。如果你把行话，或者任何专业性语言当作一套工具，在必要时谨慎地去使用它，那你做的就是对的。你可以根据需要，使用你学科内的语言，但是要根据读者去进行调整。没有人能告诉你在写作中使用多少技术性的词语是合适的。没有人能告诉你使用怎样的词语或者怎样的语气能保证写作的成功，但是这些其实是可以衡量的。也没有人能告诉你，你的作品要采用怎样（熟悉的或是不好界定的）形式才会达到你想要它能达到的效果。

我们这里所说的"声音"是作家威廉·津瑟称为"偏好"的衡量标准的一部分。关于偏好，他如是说：

> 偏好是一些无法分析的品质的混合体：它是一只耳朵，能听辨出一个句子是步履蹒跚或是轻快活泼；是一种直觉，能知道什么时候可以将某个随意或是通俗的词语放进某个正式的句子里，放进去后不仅听起来刚刚好，而且简直非它莫属。

他告诉我们，偏好是一个人天生就有（或者没有）的东西。但是即使没有，你还是可以通过研究其他作者而学到一些东西，在他们身上有你需要提升的那些技能。津瑟让我们将目光放到写得好的作品上：去阅读在你的研究领域或者其他领域内最好的作家的作品，听听他们如何组织句子和段落，又是如何流畅地衔接作品的各个部分。

和安·拉莫特一样，津瑟的文章有一种引人入胜的娓娓而谈的风格。他的文章就像是在给一群有理想（急于让自己的故事登刊登报）的记者在讲课。另外，和拉莫特一样，他鼓励你去写你知道的东西，写你为之激动的东西，写具有你自己风格的东西。

这些都是关于写作（是的，也是关于生活）的宝贵经验，但是这些经验并不总是很容易就能被应用到学术研究或者学术评判这样更为正式的系统中。如果连研究写作的作家都不能精确地告诉你句子应该写多长，更不能告诉你句子中都该有什么内容，那么你就不可能找到一本便利的指南，让它告诉你写作中要包括多少你自己的经验、身份和努力。所有这些，你得自己去做出调整。①

海伦·索德（Helen Sword）乐于将写得不够好的学术作品当作自己的研究对象。她眼中的行话范围很广，涉及人文和社会科学的各个领域。她的《风格学术写作》（*Stylish*

---

① 如果这听起来好像我们正在讨论的有关读者的话题突然转了方向（突然之间，你的写作不再指向他们，而是回到你自己身上），那也说得通。写作秘诀之一：把你自己当成你的目标读者之一。

Academic Writing）旨在将学术作者们从他们给自己设了限制
的学术文风中解放出来。"风格"意味着许多东西，包括提
高将自我呈现到作品中的意识，也包括受过教育的作者如何
与同样受过教育的读者进行对话。行话是要避开的，《风格
学术写作》的内容有关如何给作者避开它的勇气。

这种勇气从哪里来呢？如果你一直用心在读本书，那么你
就知道我要将话题转回到你自己的文本了。如果对行话的使用
不够确定，你可以仔细看看你的关键词。假如你的草稿是建立
在一组技术概念之上的，那么就大胆地去用这些技术关键词。
淡化这些精确又难懂的术语并不能保证你能达到使用它们时的
效果。如果你要用专业性词语，那就用吧。只是要记得，这些词
语要么是读者能够看懂的，要么是你需要在文章中进行解释的。

他人的声音

"希瑞（Siri），我该怎么修改我的草稿呢？"

"对不起，我无法回答这个问题。你有没有试过问亚历
克莎（Alexa）呢？"[①]

---

① Siri指苹果智能语音助手，Alexa指亚马逊智能语音助手。——译
者注

语音支持技术将人声与电脑程序联系起来，将人声编译为信息，再将信息转换成非常接近人声的声音。

作者终其一生都在做同样的事情。

作者是有声音的，这是在书面语言中经过重塑、转换和重建的人声。有趣的是，我们可以写出很多无法大声说出口的事情，反之亦然。写作就像一种语音支持技术。小说中给我们讲述自己故事的那些人物就像是作者开发的能够出声的软件。夏洛蒂·勃朗特（Charlotte Brontë）笔下的简·爱，塞林格（Salinger）笔下的霍尔顿·考尔菲德［Holden Caulfield，《麦田里的守望者》（*The Catcher in the Rye*）］，以及拉尔夫·艾里森（Ralph Ellison）笔下的那位看不见的人，都是被掌控着故事进程的作者赋予了讲话的力量。诗歌更是与声音有关的艺术（也与别的有关）。或者，我们想一想奇玛曼达·恩戈齐·阿迪奇埃（Chiminanda Ngozi Adichie）的《美国人》（*Americanah*）这样的当代小说。阿迪奇埃懂得对话和表达的艺术，她切换场景、构建故事，不断地向读者输送信息。如果没有有效的作者声音，这种写作手法是很难想象的。

声音对普及类的非虚构作品同样至关重要。尼古拉斯·克里斯托弗（Nicholas Kristof）和伍洁芳（Sheryl

WuDunn）在《钢丝：走向希望的美国人》（*Tightrope：American Reaching for Hope*）中分析了这本书的副标题所说的"走向希望的美国人"的经济困境。该书提到的是那些在最重视成功的国度里并未取得成功的人。

不，不对。《钢丝》描述的是众多美国人所处的悲惨境地，这些人被那些有能力忽视他们的人所忽视。这本书有关酒精、贫穷，有关政客的允诺并不能兑现到他们身上的那些看不见的公民。用叙事的术语来讲，我们可以说那些政客的话是空洞的，因为他们的话语中只有修辞而没有声音。他们向媒体讲话时，运用的是并不触及灵魂的公共演讲艺术，他们的微笑也总是为了上镜的需要。镜头一关，人们的生活并没有改善。《钢丝》与和它同类的民族志①作品一样，旨在为那些声音未被听到的人发声。

阿迪奇埃、克里斯托弗和伍洁芳都写过畅销书，这对我们学术作者中的大多数人来说是不大可能的。但是学术作者与小说作者和调查经济学家都有着同样的义务，那就是要把

---

① 人类学的一种研究方法和写作文本，是基于实地调查，建立在人群中第一手观察和参与之上的关于文化的描述，以此来理解和解释社会并提出理论的见解。——编者注

发出声音当作一种责任。

但是，这是在对谁负责，或者是在对什么负责呢？

作者，特别是非虚构作品的作者，要对某个主题负责。真实地说出你的想法，找到合适的语言去交流那些想法，这是你对自己的声音负责。真实地就你的主题进行写作，这是你对世界负责。

那么，他人的声音在你的作品中是如何起作用的呢？阿迪奇埃塑造人物，想象着去听他们说的话，她做了小说家需要做的事情：忠于她所创作的角色的声音。克里斯托弗和伍洁芳则以倾听和传达他们所写的人物的声音为己任。文学艺术和社会科学的共同点可能比我们想象的还要多。

在专业性更强的学术写作中，怎样处理他人的声音呢？如果你在引用，无论是引用二手文献还是一手文献，你都不仅是通过引用来支撑某个观点，同时你还在借助他人的声音。听一听那些声音，然后真实地写出你听到的是什么。

你也可以把这些声音与你自己的声音放到一起。在社会科学的研究中，人们很容易就能通过总结实地调研构建出一个研究提案或者研究计划，却没有留出充分的空间去引用被调查者或者受访者的话语。对话语进行大量分析的想法很诱人，有时甚至抹去了研究对象以第一人称发出的声音。要知道，你在调研中访谈的人与你分享了他们的声音，请你也把这些声音分享给读者。①

但是，如果你引用的内容太多，这就可能会掩盖或淹没你自己的想法。引用太多赏心悦目的文字，可能会让你自己的文字显得没有那么出色。让引用的材料和你自己的文字达到某种平衡，这在某种程度上也相当于保持不同声音之间的平衡。修改时要心存读者，这意味着你要保证2点：你是你自己作品的核心，但你又不能完全抓住话语权不放。

请以你的研究领域（的惯例）为标准，再外加一些勇敢。读者（包括出版商在内）都喜欢听到真实的人发出的真实的声音。记住，那些真实的声音很可能就是你最初对某个写作主题产生兴趣的原因。为什么不将那种兴奋分享出去呢？请努力在你和学者同行要表达的内容之间建立平衡，但也要给其他人的声音留出空间。请记住另一点，你邀请他们在作品中与你一起发声的原因，是他们知道某些你并不知道的事情。

写作中的声音最终还是与给予有关，而不只是与说话有

---

① 只是要保证将你的研究对象做匿名处理，或者引用时要征得本人的许可。

关。要给予你的读者一些东西，使他们能够参与到你的想法中去。大方一点，让你写的东西成为读者的一个机会，而不只是一个写作或阅读的任务。

如果做到这一点，你也就会更喜欢自己的作品了。

第七章　总结

只有你最终定稿的作品才是唯一真正算数的作品。有人会在某时某地向一位作者发问，这位作者可能是位教授或记者，可能是位历史学家或教育学专业的研究生，也可能是一位特约撰稿人或基金管理人，这个问题是："您是靠什么为生的呢？"这位作者则可能会微微一笑，回答："修改。"

写作是一回事，但修改才是真正麻烦的事。

霍华德·贝克尔（Howard Becker，美国社会学家）对修改的解释非常直接，让人耳目一新："修改让你不再整洁。"修改意味着你要在页面上（以及脑海中）划来划去，删掉一些文字，挪走另外一些文字。"你会发现有的想法安放的位置不正确，换一个地方会更好。"修改虽然不止于此，但大部分时候是这样的。如果在修改的过程中，你的草

稿不那么乱，那可能是你的修改方法不对。不管怎样，你得
完成这个过程，让别人能看到你的成品。

连贯

我问过许多人他们是如何修改的，修改时有哪些实用技
巧。我问他们如何驯服不听话的草稿，如何面对满页的空白
或是修改进行不下去的窘境，又如何知道自己什么时候算是
完成了修改。但没有几个人能条条是道地给出可供他人模仿
的建议。不过，我知道他们找到了适合自己前行的方法，这
一点可以从他们的作品中清楚地看到。他们发现了想要表达
的东西，把它组织好，然后"捆"起来，呈现给读者。所有
的部分都要"捆"到一起，但又不能"捆"得太紧。

修改的目标是将写好的作品"捆"起来，使其连贯。连
贯到底是什么意思呢？当一个作品的语言、结构、语气以及
期望中的体裁都保持一致时，我们就说这个作品是连贯的。
它没有自相矛盾或突兀的部分。这个作品有整体的感觉，各部
分是一致的。它就像一件完整的物品，拿起来时不会散架。

那么，为了达到上述的效果，我们该怎样组合所有的内
容呢？当写作进行得很顺利时，我们设计合理的写作项目看
起来就像是自己在往下进行。这里并不是说文字会自动出现

在文稿中，但是，有的时候，你正在写的文稿会给你一种感觉，好像知道后面的内容是什么的并不是你，而是文稿自己似的。那是一种令人兴奋的，甚至是不可思议的感觉，让键盘前的你全神贯注，不想被打断。有这种感觉不是因为你知道是自己正在进行创作，而是因为你感觉到作品知道它想去的地方，知道它想做些什么。在这种时候，似乎是你写的东西需要借助你这个作者把它送向要去的地方。要抓住这样的时刻，珍惜这样的时刻。

理性的读者在读到上一段时，会产生质疑，认为我搞错了，把写作这项脑力劳动等同于上面所说的少有的文思泉涌的时刻了。前面已经提到，思考如何修改可能会让你看到写作是有它自己的目的和意愿的。不过当然，实际上，清晰的论点和有说服力的结构才是让修改保持连贯的主要因素。

对我们多数人来说，重新组织一段文字时会在页面上留下一些缺口。草稿特别不成样子的时候，还可能会出现很大的漏洞，作者希望读者注意不到这些地方（但是读者会注意到的）。仔细地重新阅读草稿，你应该就能立刻发现危险的信号。大的漏洞是很容易被看到和听到的。

这里需要加个脚注。

这里的节奏太快了。

这个段落是不是和前面讲的矛盾了?

除以上几种之外,还有其他种类的漏洞。比如段落之间有脱节的感觉,前后接不上。你要听听每个段落间是如何推进的,每个段落都像一场小小的戏剧,有自己的起因和结果,这样你才能知道它是一个段落。

因此,塑造一个段落就是让其中有故事发生。要言之有物,但也不要忘记运用一些衔接手段,好让读者更容易听到你的想法。"然而""鉴于""仿佛为了证明这一点"等等,你会积累一些自己常用的衔接手段。这些文字都有过渡和连接的作用,每一个都很清楚地点明了当前段落与它前一个段落之间的逻辑关系。

用得不好的过渡语就像黏性不强的胶带。假如你写了一个怪怪的句子,开头是"另,"(就是在"另"后面加了一个逗号),那就要回头看看自己到底是什么意思。避免使用过于随意的连词,要给读者一些可以思考的东西。①

———————————

① 不少结构感很弱的手稿读起来就好像应该给它起名为"噢,对了,还有一件事"。

不要担心句子结构不完整。那是凡人写作时都会犯的错误。只有在你心里的很严厉的"写作老师"，才会要求你去把草稿中所有的"成分残缺"都消灭掉。[①]事实上，有时你需要的恰恰就是一个随意写成的成分残缺的句子。

然而，要达到我们所说的连贯可能会很麻烦也很耗时，有经验的作者已经知道要预先估计修改的工作量有多大。如果你写作的目的性特别强，那么你花较少的时间就能想好应该运用怎样的策略来进行有效的修改。（如果你属于这类作者，那么你的修改工作会自然而然地进行。）对其他类型的作者来说，写作中文本的外在形式和论点随着修改过程的推移而变得连贯起来，而且这种连贯只有经过多次（用文字表达想法）的尝试才能实现。

我修改过很多东西，不仅有本书（我希望各路读者都会对它感兴趣）还有专业的学术作品（我知道这类作品只有小部分读者会感兴趣。）我试着通过回顾前一天写作或修改的内容来开始一天的写作。这样做和电影导演播放工作样片有

————————

① 很显然，我不是这里提到的你心里的那位"写作老师"。当然，学生需要知道为什么结构不完整的句子是有问题的。既然你是知道的，那就把句子成分用到该用的地方。如果你愿意，你也可以把"并且"放到句子的开头。

点像，虽然不完全一样。

　　只要有时间，我就会大声朗读我的草稿。我会在页边的空白处写一些评论，有时是问自己这里想表达什么意思，有时是考虑某个段落是否应该提前或者推后。我会删掉很多内容，但是在删除前会停下来想一想。我不想丢掉任何一部分，至少不想那么快就丢掉。我会跟自己说："你可能会后悔。"（对于我，这句话好像一般都会错。基本上我很少会把想删掉的部分又放回去。为什么呢？因为要表达某个东西的方式有无数种，这就意味着能找到更好的表达方式的可能性是非常大的。）我也会尝试着按照自己的建议去添加一些新词，然后再朗读一遍，听听添加的部分。对于要不要加上某些内容，我一般都想立刻做出决定：要么否决，要么接受，要么给它换个地方。但是，对那些可能被删掉的部分，我推敲思考的时间就会长一些，有时甚至会琢磨好几个星期。

　　早晨，当我回顾自己的写作或修改时，我经常会有一种感觉，就是单个句子看起来都不错，但是可能我的读者会觉得它们不是那么连贯。因此我会插入一些短句或者词语来进行补救和调整。

让我再来解释一下。

自相矛盾吗？也许并非如此。

这并不是说X就不成立，它只是给了X一个新的语境。

让我们总结一下。

是的，几乎没有过。

那是对这些数据的标准解释。

这些短短的，用来补救的文字不是用来立论的，而是为读者注入"新鲜空气"以供其喘息的。读者在稍事喘息后，就能重新投入到严肃的大段论证之中。它们让读者能够在要点上停留足够长的时间，在不那么重要的点上只停留必要的时间，然后就可以继续阅读下一个想法。音乐家会说这些表达的作用相当于乐句之间的填充。

我有位朋友则干脆说这就类似能让大便成形的药品，这说法似乎不那么好听，不过，这至少让我想起安·拉莫特（就是前文提到的那位写了一只鸟接着一只鸟的作家）所说的她的那些"不成样子的草稿"，那些必要的，"虽然糟糕但是至少是写出来了一些东西"的第一版草稿，后来会被修改成更好的版本。这些短小的填补空缺的文字，这些修改时能够填补裂缝的"泥浆"，也可以给草稿注入一些光亮，加

231

进去一些作者的个性，加强许多作者所说的"声音"。如果我们对过渡语和连贯性进行思考，那无疑会将论点、结构和读者都考虑进去，你知道一定会是这样的。

过渡语可大可小，可以很响亮（明显）也可以很小声（微妙）。对有些作者而言，用心选用过渡语能让写作更为轻盈流畅，让内容巧妙地从一点转到另一点。能做到这样的一般都是才华横溢的散文作家、小说家，或者诗人，而非学术作者（他们会对更艰深的问题更努力地思考，而且需要添加脚注）。但是，如果你能够从音乐或长短音节交替的诗歌的角度来阅读草稿，能够想一想长的和短的乐句，想一想强调的部分以及凸显了这些部分的文字，那么你就能够听到读者将会听到的内容。

还有比"连续性"更神秘和诱人的东西吗？1948年由阿尔弗雷德·希区柯克（Alfred Hitchcock）执导的电影《夺魂索》（*Rope*）长期以来一直以看似一镜到底的拍摄方式而知名。实际上这部电影有10个镜头，摄像机需要更换胶片时的剪接镜头都被巧妙地隐藏了起来。①现在当你听到人们

---

① 美国电影电视剪接师协会（American Ginema Editors, ACE）的瓦希·内多曼斯基（Vashi Nedomansky）在他的博客中解释了这些镜头。

无意中提到它时，还是会形容它是只在一个房间内由一个长镜头拍成的希区柯克式电影。2002年由亚历山大·索科洛夫（Aleksandr Sokurov）执导的影片《俄罗斯方舟》（*Russian Ark*）使用电子摄像机进行拍摄。这部影片做到了《夺魂索》看似实现了的一镜到底，而且拍摄规模要大很多。该影片展现了冬宫的35个房间中的场景，反映了历史长河中的变化，奇迹般地只由一个连续长镜头拍摄而成。

如果你也像电影导演拍电影那样去写作，或者更确切地说是像电影剪辑师做剪辑那样去写作，那么你就要计算哪里需要有镜头，每个镜头要给多长时间。写作时要做的事也差不多，只是运用的不是镜头而是文字。[①]你是一位力求达到无缝衔接的作者吗？也许是吧。但是如果你和大多数学者一样，那么你可能还是倾向于文章中要有一些有意义的中断、改道、和割裂。无论怎么看待连贯性这个问题，你都希望你作品的各部分之间以某种有意义的方式联系在一起，从而让你的读者能感觉到你的写作是有它的目的和意义的。

写作中还有其他种类的联系。你希望你的想法与读者有

---

① 当然，电影要求观众有即时的反应。文本无法对读者也有同样的要求。

联系。你希望你的见解和理论很重要，能让他们满意。你可能听过有人说一顿丰盛的大餐会滋养他的胃，你希望你的见解和理论也能滋养读者。论点和结构传达了你的想法，而声音和对读者的关注使你写就的"营养大餐"让读者求知若渴的头脑"食欲大开"。如果读者拿起了你写的文章或书，那就是他们需要吸收"营养"了，所以你要让他们美美地"饱餐"一顿。

在数字时代，也就是说在社交媒体流行的世界里，这种联系指的是一件产品或一个概念的持久程度，可以由访客人数和频次统计得来。如果你是一位博主或者网络社交达人，又或者仅仅是想让他人对某个项目或活动产生和保持兴趣，那么你都会希望大家一次又一次地访问你的主页。换言之，你希望尽可能地抓住他们分散的注意力。因此，联系是个好东西。

另外，你还希望能与"落地"有联系。像你内心中的体操运动员那样，在完成一系列规定动作后，准确地在你希望结束的地方结束。（双脚稳稳地落在垫面上，双臂向后张开，绽开笑容。或者，想想在进行学术写作的你在完成写作时会是怎样的状态。）等作品尘埃落定时，你就知道那种感觉了，那可是一位作者所能拥有的最甜蜜的感觉之一。

节奏

正确的联系很重要，但是节奏也很重要。好的作品，就像一部好的影片或戏剧一样，有很好的节奏感。节奏和速度还不一样。游泳健将在1500米自由泳比赛中需要技巧和策略，这包括的不仅是速度，还有对时间和节奏的安排。音乐家们在演出时也要有策略，但是他们是通过合作而非竞争来执行策略的。那么，作者呢？

本书的一个主题就是：最好的写作是合作性质的。作者和读者有点像合奏的乐器，只是这种合作是在不同的空间中进行的，时间上也许也会相隔多年。[①]当然，作者对这种合作关系只有部分掌控权，但是他能掌控的这部分可以有很多。

在学术写作中，节奏是行文中控制着信息和观点传递给读者的速度与频率的要素。有些作者根本没有考虑过节奏的问题，这可能是因为他们正努力地忙于提出论点并对其进行论证。你列出来的例证和分析会将新的信息带给读者，让读

---

① 新冠肺炎疫情让数字化的亲近感增强了，音乐家在各地进行演奏，但是这些分开的声音可以合成协调的音乐。看到一个国家的歌手与另一个国家的钢琴家通过数字空间进行合作，我们会格外感动。这甚至可以用来作为思考你与读者之间的关系的模型。

者更接近你对正在探讨的问题的看法。呈现论点和论据确实是作者至关重要的一项任务，但是节奏可能更切中要点。

我们来做一个写作练习：通读你的草稿并用两种记号（+和−）对它进行标记。+表示快，−表示慢，2种记号就足够了。现在再看看你做过标记的地方。它们是在你想快的地方快的吗？是在你想让读者跟着快起来的地方快的吗？在你想让读者格外注意的地方，文字有更慢、更从容的感觉吗？

有的时候你需要的就是快：比如180°转弯的时候，想让读者吓一跳的时候，提出惊人的看法的时候。而有的时候慢下来则是必要的：比如你在（慢而又慢地）计算自己分析中的细节，你需要推演造成某种情况的历史条件，你在分类排列一些你即将逐个质疑的方法（在这个过程中，你的速度会越来越快），好让读者做好准备来迎接你自己的见解。

如果这样感觉有些戏剧化，那正是我们想要的效果。写作和戏剧颇有相似之处。实际上，在西方文化中，戏剧几乎和一切事物之间都有着某种联系。"theatrum mundi"（拉丁语，意为世界的剧场，世界即剧场）是文人们所说的修辞化的表达。写作本身就是个小剧场，作者既是剧作家又是导演。好的导演知道如何把握剧作家作品中的节奏，好的演员知道如何把握表演的节奏，作者也在把握节奏。而且，和在剧场看戏一样，我们在阅读时往往注意不到节奏方面的技巧，因为我们完全被戏剧、小说，或者学术作品占据了注意力。

局部或整体，主要或次要，复杂或直接，大或小，慢或快。在这些成对出现的描述中，比较单调的作品只会二选其一。某些作者可能会在一个不怎么重要的地方推进得很慢，把它写得很复杂，这样难免乏味。而另一些作者把很多小片段写得快速、宏大和直接，其中每个片段他都觉得很紧要。这2种听起来都不像理想的模式。如果你写得太慢、太单调，会让读者觉得厌倦。但是如果你坚持认为你写的每件事都同等重要，急匆匆地抛出一个又一个想法，那同样会让读者感到迷惑，想要逃开。

因此，我们要进行选择，行文要有变化，不能一味地简单重复。写作中要能够看到你自己。让你自己参与到你的作品中去，不要担心你会太放任自己，更不要担心你会让"队友"失望。其实不管怎样，你都会是你作品的一部分，不同的只在于你是选择勉强被动地出现，还是有意识地出现。[①]在写作中"出现"的意思并不是等于说："来看看我！"当你在表达自己要表达的东西时，是你的"出现"决定了你的

---

① 这也是海伦·索德所说的有"风格"的写作。

表达方式。

任何作品中都会有无处不在的过渡语，除此之外，还有3个要素值得你在写作中特别关注。请再最后一次浏览你的草稿，注意这3个地方：开头、高潮和结尾。

什么是学术作品中的高潮呢？它可能指的是当你精心呈现的论点被最后一个强有力的论据证明了的时刻，它也可能是一个很大的让人惊喜的"留窗"（这得感谢你这位"建筑师"——关于"留窗"，参见第五章）。也有可能你的作品里有不止一个高潮，它在每个构成部分中都会出现。有的时候，每一章都是相对独立的，那么每一章都会需要某种高潮，哪怕是写起来平平淡淡的那种，就像这样：重点在于，本研究特意不让"任何一位"参与者意识到某某事项。

读者有权知道作者认为的重点是什么。说"这样吧，如果读者不懂，那么我建议他们重读一遍，这次要更仔细一点。"是远远不够的。我在第六章提醒过你"婴儿现象学"这回事。要让读者想去阅读，并且在有必要的时候想去重读，这是作者要做的事。你要确保你写的东西（章节也好，文章也好，书也好）构建得当，让读者能够知道你认为的重点是什么。你的文本越长，就需要越多的过渡语和高潮，但不管多还是少，原则是不变的。

以上所有这些写作元素都与时间性相关。通过将句子写得更长、更复杂，或是更短、更简洁，你可以加快或减慢读者阅读的速度。节奏和遣词或者偏好一样，都是风格的一部分。写作中对节奏的把控能力是独立于语句的内容之外的。

在读者阅读的过程中，有一些部分是你希望他们能够记住的，它们就是最重要的部分，是书评中可能会详细引用的部分，或者是博主可能会看到并在互联网上广为传播的部分。你在最后一遍重新阅读草稿时，要用上耳朵，特别要听听你那些最重要的部分的措辞。或者你可以像写书评的人那样去做：再读一遍你的草稿，然后摘录出6个你感觉最有可能被社交媒体引用、讨论，或者报道的句子。你可能会问："可是，不管这几句的上下文吗？"是的，你提出的观点当然只有放在整体的图景中才会完全有意义。但是作者引用的时候一般只摘录句子。不要管上下文，看看这6个句子单独读起来怎么样。这时候如果做一些小的调整，会不会减少它们以后被误解的可能性？

停止记号

忠实的读者（祝他们好运）会把一部作品一直读到最后一页。至此，供读者畅行的"人行道"就到了尽头。学术写作很少在需要停止的时候还拖泥带水，学者也很少会让读者有意犹未尽的感觉。这点真是可惜。

　　了解你的手稿意味着知道你该在哪里停止。在维多利亚时代，人们会用精心设计的钢笔花体字来强调自己的签名。这叫作"签名后的花笔"（paraph，与花押类似）。狄更斯喜欢用这样的花式签名。

▲狄更斯的花式签名（1838年，图源：维基共享资源）

　　你可能不大会在书稿上也浓墨重彩地来个花式签名，你甚至不会想在最后的句子上画几道粗线。但是不管怎么说，你还是想给自己，也给读者发个信号，"说一声"你已经写完了，到此为止。

　　永远不要因为无话可说而草草结尾。当然，假如你已经无话可说了，就请停下来。但随后要立刻回头读一读你已经写了什么。写作进入了死胡同，或因其他原因写不下去了，这表明你还有问题没有解决好。最好是在你已经以最佳的方式说完你想表达的内容时再结束。如果是这样，那么即使你还有话想说，也不会继续了，因为你的写作是有目的的，用词要经济，旨在说服读者。有位朋友曾经在讲话的开头说"在我这篇论文的较短版本中……"，现场的学术界听众对此报以会心一笑。这句玩笑话当然是故意将标准式的会议发言开场致歉词反其道而用之。那句话原本是"在这篇论文的较长版本中……"，意思是提醒观众，他们即将要听到的论文宣讲较为简短，论文本身则要更长，也更为连贯。[①]

如果你把自己知道的某件事的一切都说出来，那你就说得太多了。学术写作的危险之一就是不知道什么时候该从出口"驶出"。我们每个人都要小心，在写作中不要过于啰唆，以免让人生厌。想要我们的论点和关键性的见解更加有效，就不要变着花样用不必要的话去赘述论证性的内容。

结尾若要合适，就需要具有逻辑意义或论证意义，但更重要的是，结尾还应该是一个机会。结尾是读者最后读到的，也是作者最后呈现出来的内容。它可以是一个总结性的陈述，一个挑战性的问题，可以继续向前，也可以退回一

---

① 安德鲁·帕克（Andrew Parker）的这番讲话是他那本关于批判理论和母性的书《理论家的母亲》（*The Theorist's Mother*）中的一部分思想。但让我印象最深的是他讲话时的语言信号以及观众对它的解读。

步。无论你要说什么，这都是你进行反思或强调的最后机会。不要浪费这个机会，不要只说"就这样吧。"在离场前要让聚光灯持续几秒，然后你再退出舞台。

让我们回到有关结构的讨论，我在第五章提出了那个稍微有点违背直觉的W模型。在这个模型中，写作的轨迹是从开头开始，到结论，再到中间的发展部分，然后重新斟酌结尾，最后再回到开头。那么，如果我这番针对修改的长长的思考不在我建议你结束的地方结束，那我就有悖于自己的理念了。所以我们都要回到第一页。你怎样收尾可能是读者最后才能看到的，但是在修改的最后一步，你应该回到文本的开头。请问自己如下问题：

草稿的开头是否完成了你想让它完成的工作？

它是否抓住了机会使读者被你正在探讨的问题吸引？

它是否给读者定位了？

它是否让读者产生了期待？

它是否奠定了作品的基调和要采用的方法，从而巧妙地树立了读者对作品的信心？

让开篇第一句发挥作用的方法有很多种。你可能会在第一句里点明你的主题，或者你面临的问题，或者你努力与之斗争的东西。基本上第一句会决定你在写作中的声音以及文本的体裁。要让你的开头"够到"某个东西。唯一"错误"的开头是什么都没有够到的开头。

我们多数人都有自己最喜欢的第一句。（但是这里说的作品不算小说，即使是《傲慢与偏见》中那么有名的第一句也不算。）想一想非虚构普及类作品，甚至是学术专著里的那些伟大的开场白。我常常提到的一个例子来自科学史学家史蒂文·谢平（Steven Shapin）。他的《科学革命》（*The Scientific Revolution*）一书是这样开头的："世上本没有科学革命，这就是它的历史。"

嘭的一声，我们就被击中了——多棒的句子啊！有态度，有重点，言简意赅。在这样的开场白之后，《科学革命》这本书挑战了一个长期以来被用作历史和认识论的标志的说法，让它的有效性受到了质疑。谢平的研究以17世纪的科学为主题，并通过它来思考我们是如何对知识做出假设然后将这些假设传递下去的。你能想象自己的草稿的第一句也可以有这样的能量和热忱吗？谢平这短短的16个字火力全开，让我们知道，《科学革命》可不会为了一时安逸而绕着一个主题的外围打转，就像黄昏时绕着屋顶盘旋的鸟儿那样。

我发现我又说回鸟儿了。在我写下这些内容的时候，窗外的鸟儿正在落日的余晖中飞飞停停，有时落在平台或屋顶，稍停片刻后又飞往下一处。在这样一本有关写作修改的书的结尾，我有一个稍稍跑题的想法。如果你还有耐心听我讲下去，我希望你能以积极的态度去接受它。艺术史学家卡亚·西尔弗曼（Kaja Silverman）在《类比的奇迹》（*The Miracle of Analogy*）一书中精彩地剖析了人们对摄影图像进行思考的历史。西尔弗曼认为，摄影是"世界向我们展示自己的基本方式"。[①]她的研究是要理解照片具有怎样的作用：具体、即时的照片与其代表的存在于世界中的事物之间有怎样的关系，一张照片与它代表的事物有何不同？这种关系的核心是"奇迹"，它与写作和思想之间的关系很相像。写作时我们运用文字，就好像文字、思想以及它们代表的事物这三者能够完美贴合。我们知道其实不是这样的，但是，在修改的时候，我们要朝着那个方向去努力，进行修补、改进和拓展。

---

① 西尔弗曼在库伯联盟学院与瓦利德·拉德（Walid Raad）的对话中解释了这一见解的意思："摄影是世界向我们展示它存在的方式。"也请你试着在自己的作品中至少写一个这样的句子。

写作也是类比。我们写东西，但是我们所写的却从来都不是事物本身，甚至也不是它的复制品。所有的作家，不仅是诗人和小说家，都是进行类比的专家。我们写的任何东西都是有取舍和有角度的。写作都是类比，就像是举起一面破碎的镜子去映照这伤痕累累又障碍重重的世界。我们写这个世界，是为了理解并有可能治愈它。否则我们为什么而写呢？有什么内容可写呢？又能用什么别的方式去写呢？

你在修改草稿让它成为新的一稿时，也在以新的方式呈现你的思想。如果修改没有让你的草稿的质量有所提升，那是很大的失败。但是，修改可不仅是为得到更好的版本，修改后的作品会呈现出新的形式，拥有新的"形体"。你重新思考自己积累的档案，用新的叙事形式来讲述你从档案中发现的东西。你的执着与类比会让你产生新的问题，那些问题将是重新思考带给你的礼物。

在18世纪，本杰明·富兰克林曾草拟过自己的墓志铭。这份铭文如今深受书籍历史学家等人的喜爱。它出色地表达了这样的想法：将他本人比作已经出版了的书，将复活比作神圣的作者对他在尘世间的遗体的修改。富兰克林说他那像旧书一般残破的躯体注定会借由信念而重现，"新的版本更为精美，因作者本人对其所做的修订与更正"。死亡是对人体最后的修改，也是最终的出版商。

美国作家纳撒尼尔·麦基（Nathaniel Mackey）著有诗集《安杜姆布卢之歌》（*Song of the Andoumboulou*）。这本书中的诗有关黑人的生活，其中玩味了创造的思想。这些诗作也与作者的生活息息相关，因为他花了数十年来写它们。题目中的那个陌生的词"安杜姆布卢"来自多贡族人的文化，是神话中的形象。用作者的话来说，它是"一种失败的形式，是人性的草稿"。

麦基甚至谈到了"安杜姆布卢式"的概念，他将其解释为"我们有望变得更好的想法，我们是更为接近理想意义上的人性的那一稿。"这是进步的意思吗？或许吧，如果我们能那么想。但是还有一个概念是，安杜姆布卢式"永远不会满足于它的任何一次迭代，迭代会持续不断地一直进行下去。"

写作和修改是人类的任务，是人类要做的与人性有关的事。这任务我们完成过吗？我们写作、修改，也活在对自己的修改中。除非我们关上大门，拒绝学习，不然我们一直都在学习和成长，因此我们一直都在发生着变化。

"个人成长"这个术语指的是心理与伦理上的成长，是外观上未必可见的内在变化。写作则不然，所有的变化都发生在我们的书桌上，或是发生在其他什么我们进行写作和修改的地方。我们修修补补，再三斟酌，一次又一次地修改，直到把草稿变成它该成为的样子。

你什么时候结束修改呢？你又怎么能知道呢？詹姆斯·鲍德温对修改的看法相当冷静。"这种感觉非常痛苦，你知道你已经完成了，再也做不了什么了，可是它从来都不是你正好想要它成为的样子。"修改完的版本更清晰、更强大，也更贴近你的目标，但却无法臻于完美。每一次写作、每一次修改，对我们大家来说都是挑战。

最后，你向世人展示的最终那一版才是唯一真正算数的版本。它是你让文字呈现出来的最终形式，是你的文本的最后一趟航班。你做过的每一稿的修改以及修改的过程，你在最终定稿前走过的修改之路，现在都是作为作者的你所熟知且力行过的。那些都是必须有的。但是读者只看得到你呈现给他们的作品。

全力以赴吧，让它成为最好的版本，从第一页直到最后一页。

然后你就可以放手了。

致谢

这本小书得以问世，我要向各方表示诚挚的谢意。芝加哥大学出版社（University of Chicago Press）的审稿编辑给了我很重要的反馈，让我时刻记得要关注几组焦点：大的图景和我的读者，一般的和具体的，大的和小的。这些不是秘密，更不是惊人的启示，就像眼科医生给我们检查眼睛时，既要做远距离的视力测试又要做近距离的眼底检查一样，好的修改也要兼顾远和近。①

在你的书稿很难修改时，你需要一位坚定而有耐心的编

---

① 我曾写过一本书，书名是《视力表》（*Eye Chart*）。顾名思义，这本书的内容有关于我们如何看到，以及如何开发一种方法去衡量我们看的能力。现在我才意识到其实这本书从某种意义上讲也与写作有关。

辑帮助。我很幸运地再次有机会与我的朋友，图书专家、芝加哥大学出版社的编辑部主任艾伦·托马斯（Alan Thomas）以及他的助手，目光敏锐的兰迪·佩蒂洛斯（Randy Petilos）合作，后者也是一位编辑兼我的朋友。托马斯比任何人都更清楚，本书我已经酝酿了很多年，我希望它不至于"煮"得太过，因为这是"慢火炖煮"且间断性喷发的写作项目可能会面临的危险。我告诉自己，这本书中的观点得益于长期而缓慢的"腌渍入味"。我要特别感谢出版社的资深稿件编辑乔尔·斯科尔（Joel Score），他耐心地帮助我始终关注自己想要表达的内容。

许多人都与我分享过他们对本书主题的想法，他们教给我的有关写作的知识要比他们意识到的多。我无法在这里一一致谢，但是有几位对本书的贡献值得我专门指出。在过去的几年中，我和我的朋友、库伯联盟学院写作中心主任基特·尼科尔斯（Kit Nicholls）就教学与学生的学习有过多次长谈。我们合著了一本与教学相关的书，书名为《教学大纲：改变一切的卓越和平凡的文件》（*Syllabus: The Remarkable, Unremarkable Document that Changes Everything*）。我希望《教学大纲》和本书都能使人认识到生活经验的重要性，无论是作家或教师的生活经验，还是属于学生或读者的生活经验。

我要感谢写作中心的帕姆·牛顿（Pam Newton）和约翰·伦德伯格（John Lundberg）以及多年来与我在写作方面进行合作的伙伴们。他们和我或者我在库伯联盟学院的学生一起工作，让我对写作教学有了更多、更好的理解。我在出版社工作过的那些年给了我宝贵的机会，让我能够与擅长写作、思考与修改的杰出学者们共事。我想感谢的人有很多，包括玛乔丽·加伯（Marjorie Garber）和卡亚·西尔弗曼。我在本书中也曾提到这2位学者，但是我从她们的作品中学习到的东西要远过于此。尼克·坦皮奥（Nick Tampio）在我觉得一筹莫展，打算放弃重来的时候给了我信心，他乐观地相信与我的主题相关的重要内容，我已经了然于胸，相信我能够找到方法将它用文字表达出来，而且这次的表达形式会更好。

没有最感谢，只有更感谢。多年来我有幸能够在会议、大学和学院中与各位学者、教师们交谈。我应邀就写作与出版做过的多次发言和举办的工作坊已然成为我教学经验的一部分，也成为我学习的一部分，促使我去思考学者们为什么写作以及他们怎样才能写得"更有效"。我在这里用了引号，是因为这一点很容易被误解为"成果"（或者成果™），后者虽然是个有用的概念，但它不幸地成了商业化大学的标志。的确，写作是会有成果的，但是它远不止于此。写作中还有思想、信念、想象、风险、生活以及其他的许许多多。

因此，我由衷地感谢许多年来给我机会让我与其同事、学生和校友进行交谈的人们，我们的交谈涉及出版、写作、编辑以及学习的过程，所有这些都与修改密切相关。请让我在此向各位教职员工、项目主任和院长们表示感谢，是他们使得这些访谈成为可能。这样的人有很多，我不便占用很多篇幅一一列举，但是无论如何，如果说本书以及我其他的书具有什么价值的话，那都应归功于这些让我收获新知的人们。

我要向以下学校致谢：远在南半球的奥塔哥大学（University of Otago）和悉尼大学以及欧洲的奥斯陆大学（University of Oslo）、斯德哥尔摩大学（Stockholm University）、乌普萨拉大学（Uppsala University）、阿姆斯特丹大学（University of Amsterdam）、布莱金厄理工学院（Bringe Institute of Technology）、伯尔尼大学（University of Bern）、苏黎世联邦理工学院（ETH Zurich）以及巴塞罗那的庞培法布拉大学（Pompeu Fabra University）。感谢这些学校向我发出邀请，欢迎我参加研讨会、工作坊和学术会议。

　　我谨在此向以下北美大学表示感谢：加州大学的6个分校（戴维斯、伯克利、圣克鲁斯、圣巴巴拉、洛杉矶和尔湾分校），芝加哥大学（University of Chicago）、佛罗里达大学（University of Florida）、夏威夷大学（University of Hawaii）、爱达荷大学（University of Idaho）、芝加哥的伊利诺伊大学（University of Illinois）、路易斯安那大学（University of Louisiana）、马里兰大学公园分校（University of Maryland，College Park）、马萨诸塞大学波士顿分校（University of Massachusetts，Boston）、迈阿密大学（University of Miami）、密歇根大学（University of Michigan）、密苏里大学（University of Missouri）、内布拉斯加大学（University of Nebraska）、北卡罗来纳大学威尔明顿分校（University of North Carolina，Wilmington）、宾夕法尼亚大学、得克萨斯大学奥斯汀分校（University of Texas，Austin），多伦多大学、南加州大学、佛蒙特大学（University of Vermont）、弗吉尼亚大学（University of Virginia）和华盛顿大学（University of Washington）。还有以下大学、学院及机构：亚利桑那州立大学（Arizona State University）、巴纳德学院（Barnard College）、巴克内尔大学（Bucknell University）、凯斯西储大学（Case

Western Reserve University）、康涅狄格学院（Connecticut College）、纽约市立大学（CUNY）研究生中心和卡内基慈善基金会（CCNY）、埃默里大学（Emory University）、菲尔莱狄更斯大学（Fairleigh Dickinson University）、佛罗里达州立大学（Florida State University）、盖茨堡大学（Gettysburg University）、汉密尔顿学院（Hamilton College）、哈佛大学、洛约拉大学（Loyola University）（芝加哥和新奥尔良）、路易斯安那州立大学（Louisiana State University）、明德学院（Middlebury College）、纽约大学华盛顿广场分校和阿布扎比分校（New York University, Washington Square and Abu Dhabi）、俄亥俄州立大学（Ohio State University）、普林斯顿大学、罗格斯大学（Rutgers University）、纽约州立大学法明代尔分校（State University of New York, Farmingdale）、联合学院（Union）、范德堡大学（Vanderbilt University）、斯坦福大学以及我的母校：哥伦比亚大学和印第安纳大学布卢明顿分校（Indiana University, Bloomington）。

我还要感谢大学出版社协会（Association of University Presses）、福特基金会研究员计划（Ford Foundation Fellows Program）和现代语言协会（Modern Language Association,

简称MLA），感谢他们让我有机会和其他人一起思考和讨论写作与修改是什么以及是在做什么。我要特别感谢参加过我有幸组织的2次MLA会议的教师和编辑。这2次会议都很成功，第一次是2007年的"写作即修改，修改即写作"年会，与我共事的有戴维·巴塞洛马（David Bartholomae）、凯茜·伯肯斯坦-格拉夫（Cathy Birkenstein-Graff）、苏珊·古巴尔（Susan Gubar）、比尔·雷吉尔（Bill Regier）和杰夫·威廉姆斯（Jeff Williams）。第二次会议的主题与第一次相同，时间是在2017年，组织者还有格雷格·布里顿（Greg Britton）、萨姆·科恩（Sam Cohen）、莎伦·马库斯（Sharon Marcus）和艾安娜·汤普森（Ayanna Thompson）。现在回想起来，本书就是我在第一次会议之后开始构思的，而后我又从第二次会议中获得了再次动笔的力量。

请允许我向这些年来与我合作过的所有编辑表示感谢：芝加哥大学出版社的彭妮·凯泽利安（Penny Kaiserlian）、保罗·谢林格（Paul Schellinger）和琳达·霍尔沃森（Linda Halvorson）；普林斯顿大学出版社的彼得·多尔蒂（Peter Dougherty）；英国电影协会（British Film Institute）的丽贝卡·巴登（Rebecca Barden）；布鲁姆斯伯里出版社（Bloomsbury）的哈里斯·纳克维（Haaris Naqvi）以及物体课系列（Object Lessons）的编辑伊恩·博戈斯特（Ian Bogost）和克里斯·沙伯格（Chris Schaberg）。在他们的帮助下，我从自己之前的书中看到了有价值的内容，并最终促成了本书的成型。我同样还要感谢出版界和教育界的许多同事以及我在MLA和美国莎士比亚协会（Shakespeare Association of America）的各位好友。名单太长，在此我就不再赘述，但是我会将他们的名字牢记在心。总之，所有曾对我说过"你要写一本关于修改的书吗？我们太需要这个了！"的人都给了我前行的动力。

大约有5年的时间，我每2周为《高等教育纪事报》（*Chronicle of Higher Education*）的通用语（Lingua Franca）博客撰写一篇关于语言的专栏文章。如果你必须不断地赶在截止日期之前写完一篇短文，那么你就能够学到许多有关修改的东西。我要借此机会感谢《高等教育纪事报》的莉兹·麦克米伦（Liz McMillen）和海迪·兰德克（Heidi Landecker），感谢她们给了我写作（和修改以及反复修改）那些关于文字以及人和文字的相互作用的通信式短文的机会。

感谢我的经纪人，麦金农文学社（McKinnon Literary）的塔尼娅·麦金农（Tanya McKinnon），她凭借自己一贯的才华与热情，将本书带进了芝加哥大学出版社。

特别感谢摩根图书馆（Morgan Library）允许我复制巴尔扎克的手稿校样。

在这里让我再一次，一如既往地感谢我的学生，包括那些在写作中明显力不从心的学生。教与学甚至不能说是一个连续体，它们本质上就是一回事。

当然，我还要感谢（用词不当）和我一起经历了这次伟大的历险的我的妻子戴安娜·吉本斯（Diane Gibbons）。感谢她容忍我又一次占用了我们生命里一段宝贵的时间，用它来解决写一本书的问题。每次我有书出版时都会这么说，但这句话千真万确。

关于本书是如何产生的，就说到这里。就让本书帮助你跟随（再引领，再跟随）你自己的作品，让其去向它要去的地方。

只要好好用上耳朵，你可以做到的。

参考文献

第一章

1. *Bird by Bird: Some Instructions on Writing and Life* (New York: Anchor, 1995), 18.

第二章

1. *The Missing Course: Everything They Never Taught You about College Teaching* (Cambridge, MA: Harvard University Press, 2019), 17.

2. *On Writing Well: The Classic Guide to Writing Nonfiction*, 30th anniversary ed. (1976; New York: Harper Perennial, 2006), 87.

3. *The Craft of Research*, 4th ed. (Chicago: University of Chicago Press, 2016), 281–82.

4. *Draft No. 4: On the Writing Process* (New York: Farrar, Straus

and Giroux, 2017), 32.

5. *From Notes to Narrative: Writing Ethnographies That Everyone Can Read* (Chicago: University of Chicago Press, 2016), 110.

6. *Writing Your Journal Article in Twelve Weeks: A Guide to Academic Publishing Success*, 2nd ed. (Chicago: University of Chicago Press, 2019), 55.

7. *Writing for Social Scientists: How to Start and Finish Your Thesis, Book, or Article*, 3rd ed. (Chicago: University of Chicago Press, 2020).

8. *From Dissertation to Book*, 2nd ed. (Chicago: University of Chicago Press, 2013).

9. *Revising Your Dissertation*: Advice from Leading Editors, rev. ed. (Berkeley: University of California Press, 2008).

10. "The Art of Fiction No. 78," *Paris Review*, no. 91 (Spring 1984).

第三章

1. "On Writing and Pleasure: Zooming with Award-Winning Author and Poet Maggie Nelson," Bwog.com, Columbia Student News, October 2, 2020.

2. *From Dissertation to Book*, 2nd ed. (Chicago: University of Chicago Press, 2013), 27.

3. *Thinking, Fast and Slow* (New York: Farrar, Straus and Giroux, 2013).

4. *Keywords: A Vocabulary of Culture and Society*, new ed. (New York: Oxford University Press, 2015).

5. *Between Men: English Literature and Male Homosocial Desire*, preface to rev. ed. (New York: Columbia University Press, 1992).

第四章

1. "The Rise of Behavioral Economic Masculinity," *American Literary History* 32, no. 1 (Spring 2020):77-110.

2. Preface to *Distant Horizons: Digital Evidence and Literary Change* (Chicago: University of Chicago Press, 2019).

3. *Narrative Economics: How Stories Go Viral and Drive Major Economic Events* (Princeton, NJ: Princeton University Press, 2019), 1.

第五章

1. *Computer Architecture: A Quantitative Approach*, 6th ed. (Cambridge, MA: Elsevier, 2019)，2.

2. "The Prose and the Passion" (New Republic, July 13, 2010).

3. *The Poetics of Space*, trans. Maria Jolas (Boston: Beacon Press, 1994).

4. "Celebrity Style: AD revisits Maya Angelou," *Architectural Digest* (May 1, 1994).

5. *The Elements of Style,* 4th ed. (London: Pearson, 2019).

6. "The Art of Fiction No. 134," *Paris Review*, no. 128 (Fall 1993).

第六章

1. *Lamia* (1820), Part 2, l. 2.

2. *Every Day I Write the Book* (Durham, NC: Duke University Press, 2020).

3. *On Writing Well: The Classic Guide to Writing Nonfiction*, 30th anniversary ed. (New York: Harper Perennial, 2006).

4. *Stylish Academic Writing* (Cambridge, MA: Harvard University Press, 2012).

第七章

1. *Writing for Social Scientists*, 3rd ed. (Chicago: University of Chicago Press, 2020), 154.

2. *The Miracle of Analogy, or The History of Photography*, Part 1 (Stanford: Stanford University Press, 2015).

3. "The Art of Poetry No. 107," *Paris Review*, no. 232 (Spring 2020).